하이베르가의
대공자

하이베른가의 대공자 **3**

초판 1쇄 인쇄일 2023년 8월 10일 | **초판 1쇄 발행일** 2023년 8월 17일

지은이 청루연 | **펴낸이** 곽동현 | **담당편집 팀장** 이범수
편집부 정요한 김승건

펴낸곳 (주)조은세상 | **출판등록** 제2002-23호
주소 서울특별시 동작구 동작대로1길 27 5층
TEL 02)587-2966 | FAX 02)587-2922
E-mail bukdu@comics21c.co.kr

청루연ⓒ2023
ISBN 979-11-391-2103-2 | ISBN 979-11-391-1964-0(set)
값 9,000원

3

북두
(주)도은세사

하이베른가의
대공자

청루연
판타지 장편소설

청루연 판타지 장편소설

F A N T A S Y   S T O R Y

CONTENTS

Chapter. 15

'아…….'

대부분의 생도들처럼 리리아도 큰 충격을 받았다.

그도 그럴 것이 인간의 감정 문제를 마법과 학문의 영역에서 가늠해 본 적은 없었기 때문.

하지만 루인의 주장은 너무나 현실적이어서 누구도 쉽게 반론하지 못했다.

융해 마법이, 동료와 친구의 희생을 강요하는 마법이라니.

대부분의 생도들은 그런 생각을 해 본 적이 없었다.

가장 먼저 입을 연 것은 역시 게리엘도스 교수.

그의 눈빛은 어느덧 학자로 돌아와 차분하게 가라앉아 있었다.

"마법사의 윤리관이라…… 좋은 관점이군. 하나 내 수업에서 개인차가 뚜렷한 마음의 문제까진 다루고 싶지 않네. 마도학(魔道學)은 이성을 도야(陶冶)하는 학문이지 마법사의 감성을 어루만져 주는 학문은 아니지 않은가?"

차분하게 말하고 있었지만 루인의 주장을 인정하지 않는 듯한 뉘앙스.

그러나 루인은 그저 고개를 끄덕이며 자리에 앉아 버렸다.

그렇게 루인이 별다른 반론도 없이 입을 닫아 버리자 게리엘도스 교수는 더욱 묘한 기분이 일어났다.

"반론하지 않는 건가?"

희미하게 미소 짓는 루인.

"단지 융해 마법에 대한 제 관점이 궁금하신 것이 아니었습니까? 가르치는 이는 교수님입니다. 교수님께서 그렇게까지 말씀하시는데 제 주장을 이어 갈 이유는 없죠."

"그래. 나는 자네의 그런 관점에 대해 더 듣고 싶네만."

루인이 미간을 찡그렸다.

"저와 논증하고 싶다는 겁니까?"

"논증?"

"제가 교수님과 다른 관점을 지니고 있는데 더 말하라고 하신다면 싸우자는 거죠."

더욱 묘한 표정으로 굳어지는 게리엘도스. 그가 곧 크게 웃음을 터뜨렸다.

"……으하하하하! 그거 좋군! 그래! 어디 마음껏 강론해 보게!"

나직이 한숨을 내쉬던 루인이 주위를 쓸어 보았다.

"필드 마법을 시전하면 무조건 승기를 잡을 수 있는 상황을 마주했다고 치죠. 여기에 모인 생도들 중 과연 몇 명이 동료들의 희생을 결심할 수 있을 것 같습니까?"

"아까 말했네만 그건 개인차일세."

루인이 단호하게 고개를 저었다.

"전장에서 단숨에 전세를 역전시킬 수 있는 기회는 그리 많지 않습니다. 당연히 판단은 순간적으로 이뤄지죠. 망설이는 순간 남은 건 죽음뿐입니다. 이들 중 단 한 명도 차가울 수 없을 겁니다."

"마법을 배우러 온 생도의 마음이 실로 편협함으로 가득하군. 자네는 이 교실의 생도들을 얼마나 알고 있나? 심각한 비약일세."

루인이 씁쓸하게 웃고 말았다.

멸망의 때가 도래했을 때.

마탑의 고위 마법사들이 어떻게 망설였는지를, 얼마나 후회로 죽어 갔는지를 모두 지켜봤었다.

그들은 결정적인 순간에 비윤리와 맞서지 못했고 인간의 감정을 덜어 내지 못했다.

마탑의 고위 마법사들조차 전장의 처절함을 극복하지 못했는데, 무등위 마법 생도들이야 더 말할 가치도 없었다.

지금 자신을 향해 진득한 눈빛을 빛내고 있는 저 게리엘도스 교수라고 다를까?

그때 리리아가 조용히 손을 들었다.

게리엘도스 교수가 고갯짓으로 허락하자 그녀가 루인을 차갑게 노려봤다.

"그럼 인간의 감정을 덜어 낼 수 있는 방법은 뭔데? 그런 게 배운다고 익힐 수는 있는 거야?"

게리엘도스 교수를 비롯한 모든 생도들의 시선이 루인에게 모였다.

그만큼 루인의 반응이 기다려졌기 때문이다.

"쉼 없는 이미지다. 생각해 낼 수 있는 가장 뼈아픈 변수, 가장 최악의 상황을 늘 이미지하며 자신이 할 수 있는 최선의 선택만을 상정한다. 그래서 마법을 익힌다는 건, 그런 선택의 폭을 넓히는 수단이 되어야 한다."

호흡 하나 흐트러지지 않은 루인이 단숨에 말을 이어 갔다.

"내게 새로운 마법을 익힌다는 건, 아버지를 살릴 수 있는 확률을 높이는 행위다. 동생들의 생명을 위협하는 변수를 줄이는 길이며, 앞으로 맺을 인연들이 살아갈 삶을 지키는 힘이다. 그것이 나의 마도(魔道)다."

"그런……."

루인이 건넨 무거운 눈빛에, 리리아는 더는 말을 잇지 못하고 입을 닫을 수밖에 없었다.

찬물을 뒤집어쓴 듯한 정적.

그것은 한 명의 마법사, 아니 한 인간의 가치관.

하나 생도들은 이토록 명확한 신념을 지닌 인간을 마주한 적이 없었다.

그때.

루인이 저 멀리 창밖, 왕성의 드높은 성곽에 매달린 공성 병기를 시선으로 가리켰다.

"마법사가 되고자 하는 목적에 마도(魔道)가 존재하지 않는다면, 너희들이 저 공성 병기와 다를 것이 뭐지? 활과 화포처럼 굴 거라면 왕실의 군대에 지원하는 편이 훨씬 합리적이지 않나?"

교실 내부에 더한 충격이 몰아쳤다.

생도들은 물론 그들을 가르치는 게리엘도스 교수까지…….

모두가 루인의 잔잔한 목소리 앞에서 멍해져 버렸다.

감히 상상조차 해 보지 않은 한 마법 생도의 화두.

마법을 지향하는 자의 마도(魔道).

생도들은 그런 루인을 바라보며 마치 드높은 마탑의 완숙한 마법사가 연상됐다.

단순한 비유였지만, 분명 그것은 세월이 흘러도 올곧을 한 인간의 신념이었고, 한 마법사의 치열한 자아였다.

루인이 자리에 앉아 다시는 열지 않을 것처럼 굳게 입을 다물었다.

우여곡절 끝에 도착한 마법학부.

그는 마치 자신의 영토를 바라보는 왕처럼 당당하고 완전(完全)했다.

"……."

지그시 눈을 감은 채 심상에 빠져들어 있던 게리엘도스 교수가 천천히 눈을 떴다.

이내 그는 교편을 교탁 위에 다시 놓고 쓰게 웃었다.

"오전 수업은 이걸로 마치겠네."

시간을 확인한 아드레나는 당황해하고 있었다.

고작 십여 분밖에 지나지 않았는데 오전 수업을 끝내시다니?

한 번도 게리엘도스 교수의 이런 모습을 본 적이 없었다.

그를 가장 잘 알고 있는 아드레나.

교수님의 상태가 심상치 않다는 것을 그녀는 곧바로 알아차렸다.

"교, 교수님!"

아드레나가 교실 밖으로 빠져나가는 게리엘도스 교수를 다급히 따라갔다.

반면 루인은 오전 일과표를 확인하고 있었다.

다음 수업까지 남은 시간은 3시간.

무심한 표정으로 루인이 일어났을 때, 리리아를 비롯한 몇몇 생도들이 그를 향해 다가가고 있었다.

하지만 루인은 서둘러 교실을 빠져나가 버렸다.

◆ ◇ ◆

게리엘도스 교수의 연구실.

"교수님, 괜찮으신 거죠?"

아드레나가 몇 번이고 물어보았지만 게리엘도스는 그저 의자에 앉아 내내 굳은 얼굴만 하고 있었다.

'도대체 그 녀석의 정체가 뭐지?'

당연히 마탑의 고위 마법사들이 주목하고 있는 녀석이니까 평범한 생도는 아니라고 생각했다.

마탑에서 눈여겨보고 있을 정도의 재능이라면 천재라고 해도 이상할 것이 없으니까.

실제로 자신이 2년 동안 고생해 온 난제를 순식간에 해결해 버리는 말도 안 되는 재능을 직접 경험하기까지 했으니……

그러나 녀석과의 첫 수업을 경험한 지금으로서는 생각이 완전히 달라졌다.

재능? 천재?

그런 상투적인 단어로 표현할 수가 없었다. 이건 도무지 결이 다른 문제.

'……그 나이에 가능한 것인가?'

일말의 망설임도 없이 자신의 마도를 설파하는 그 모습이란…….

마치 마탑의 현자께서 소년의 껍데기만 쓰고 있는 느낌.

과연 그런 마법사의 완고한 신념이 그 나이의 경험으로 완성될 수 있는 것인가?

마력 한 줌 없는 녀석의 몸을 직접 확인까지 했으니 더욱 혼란스러웠다.

그러다 문득 아드레나의 임무가 생각났다.

"지금까지 녀석의 행동을 기록한 일지를 보여 주게."

"에? 아 넵."

금방 품을 뒤져 게리엘도스에게 공손히 일지를 내미는 아드레나.

일지를 확인한 게리엘도스가 금방 얼굴을 찡그렸다.

오만함, 말투가 늙음, 철이 없음, 무식함, 학부를 잘못 찾아온 것 같음, 기사학부로 꺼져, 맛있는 걸 잘 안 먹음. 성직자가 더 어울림 등등.

당최 무슨 일을 겪은 것인지 자신이 경험한 녀석과는 완전히 다른 평가가 아닌가?

"도대체 이게 뭔가?"

아드레나가 안경을 고쳐 쓰며 진지하게 말했다.

"최대한 객관적으로, 또 성실하게 평가했어요!"

"으음……."

관자놀이를 매만지던 게리엘도스가 한숨을 내쉬며 아드레나를 응시했다.

"기록들이 너무 파편적이네. 이래선 녀석이 어떤 유형의 생도라는 걸 파악할 수 없지 않나?"

아드레나는 전혀 이해하지 못하겠다는 듯한 표정이었다.

"아닌데요? 녀석의 행동을 빠짐없이 관찰하고 기록한 제 완벽한 평가입니다아!"

"허어……."

게리엘도스가 아드레나에게 앉으라는 눈짓을 했다.

"그냥 녀석에 대해 직접 말해 보게나."

힘차게 고개를 끄덕이며 대답하는 아드레나.

한데, 아드레나의 설명이 계속되면 될수록 게리엘도스의 표정은 더욱 변화무쌍해져만 갔다.

"뛰어?"

"넵. 죽을 때까지 뛰어요. 아, 그냥 표현이 그렇다는 거예요."

"절식을 한다고?"

"넵. 그렇게 뛰고도 항상 저보다도 적게 먹던데요?"

"왜? 왜 뛰는 거지? 무슨 목적으로?"

그러자 갑자기 아드레나가 안경을 벗으며 루인의 표정을 흉내 냈다.

굵은 목소리로 실감나게.

"오늘을 걷지 않고 쉰다면 내일은 뛰어야 하지. 내일도 쉰다면 모레는 날아야 한다."

멍한 표정으로 굳어 버린 게리엘도스 교수.

아드레나가 낮게 기침하며 다시 안경을 썼다.

"이렇게 말하던데요? 아 또 그리고!"

"그리고?"

"녀석은 '정신'을 얻기 위함이라고 했어요."

"무슨 정신?"

"에, 그건 저도 모르죠?"

게리엘도스가 신중하게 표정을 굳히고 있을 때, 아드레나가 별안간 생각난 듯 손뼉을 쳤다.

"아! 그게 밥 먹을 때도 연결이 되는 거였어요! 의식! 의식에 영향을 준다나?"

"의식?"

더없이 진지한 게리엘도스의 표정 때문인지 아드레나는 최대한 기억을 더듬었다.

"인간의 행위는 반드시 의식에 영향을 준다. 식습관도 의식에 무시할 수 없는 영향을 미치지."

아드레나는 그렇게 또다시 루인을 흉내 내더니 두 눈을 반짝였다.

"즐겁고 편한 것을 탐하면 탐할수록 반드시 다른 뭔가가 무뎌질 수밖에 없는 것이 사람의 의식 구조라고 했어요. 끈기나 인내 같은 것?"

게리엘도스의 표정이 더욱 묘해진다.

"즐거움을 채우다 보면 더한 자극을 찾게 된다고…… 자극이 한계에 다다르면 무슨 욕구가 비틀린다던가? 그래서 사람은 타성에 젖는다던데요?"

벌떡 일어나는 게리엘도스 교수.

그래.

이런 거였다.

녀석의 심연 같은 눈빛을 설명할 수 있는 것은.

"아드레나 생도."

"네! 교수님!"

찌이이익-

게리엘도스 교수가 아드레나의 관찰 일지를 찢으며 무거운 목소리로 말했다.

"앗?"

"앞으로 방금의 그런 것들을 적어서 가져오게. 성품, 삶의 지향점 등 녀석의 가치관이나 자의식을 유추할 수 있는 모든 것들."

"아, 알겠어요!"

"마법적인 역량을 드러낼 때도 유심히 관찰하게. 특이할 만한 점이 있다면 빠짐없이 자세히. 특히."

"……특히?"

"녀석이 마법을 수련할 때면 직접 내게 달려와서 보고하도록 하게."

"어, 교수님께서 아카데미에 안 계시면요?"

게리엘도스 교수가 눈짓으로 간이침대를 가리킨다.

"오늘부터 퇴근하지 않을 작정이야. 어차피 녀석이 준 시간인데 녀석을 위해 써야겠지."

"아! 그럼?"

이번 연구가 완성될 때까지 게리엘도스 교수님은 집에 가지 않을 작정이었다.

그 말은 루인 덕분에 2년 동안의 난제였던 교수님의 마법 술식이 완성됐다는 뜻이지 않은가?

아드레나가 조심스럽게 질문했다.

"설마 그 녀석이 그렸던 회로가……?"

"그래. 완벽한 완성 술식이었지."

충격적인 표정으로 굳어 버린 아드레나.

설마했더니 정말이었을 줄이야!

"도대체 그 녀석의 정체가 뭘까요?"

"그걸 알아내는 것이 자네가 600리랑을 받는 이유겠지."

게리엘도스 교수는 창문 쪽으로 걸어가 커튼을 걷었다.

저 멀리 희미하게 루인이 뛰고 있었다.

◆ ◈ ◆

리리아의 초록빛 눈동자가 아카데미의 하늘을 향하고 있
었다.

'마법…….'

대부분의 생도들이 그렇듯, 리리아에게도 마법은 살아갈
'수단'이었다.

굳이 여러 결론을 상기할 필요도 없이, 마법 그 자체가 인
생의 목적과 결부되는 것이었으니까.

가문의 쟁쟁한 형제들.

그런 치열한 틈바구니에서 살아남는 것.

리리아 드리미트 어브렐.

그 이름을 갖게 된 순간부터 그것은 결정된 길, 그저 숙명
이었다.

그래서 마법을 배우는 이유에 대해서 그리 큰 고민을 해 본

적이 없었다.

가치관이니 신념이니 하는 사치스러운 감정들도 멍청한 기사들의 전유물이라 여겼다.

마도명가 어브렐.

감성보다는 철저한 이성으로 살아가는 마도 가문.

칼 같은 실력주의, 피도 눈물도 없는 경쟁, 성과만이 모든 것을 증명하는 곳.

자신은 그저 그런 차가운 귀족가의 막내딸이었다.

"뭘 감정을 덜어 내? 왜 평소에 최악의 상황을 이미지하자는 거지, 나약해지게? 마법사라면 가진 지혜로 그런 상황을 만들지 않는 것이 먼저잖아?"

"마법에 감성을 내세우는 건 그야말로 머저리 같은 짓이다. 마법이 그런 감상적인 학문이었다면 나는 마법을 배우지도 않았다."

"무슨 영웅담 같은 걸 읽고 크게 빠져든 모양인데요? 사실 논할 가치도 없어요. 교수님께서 왜 동요하시는지 저는 이해가 안 돼요."

"그것보다 저놈은 도대체 왜 달리고 있는 거지?"

루인을 관찰하고 있는 생도들이 저마다의 감상을 늘어놓았다.

하지만 리리아는 그들의 감상에 동요하지 않았다.

저들의 주장은 그냥 반사적인 거부감에 불과했으니까.

마법사로서 위험한 상황을 만들지 않겠다고?

그 위대한 현자님조차도 수많은 병사의 목숨을 무력하게 잃었다.

르마델의 역사, 그 처절한 전장의 기록을 한 번이라도 공부했다면 저들도 알 것이다.

마탑의 예측과 대책이라는 것이 얼마나 무의미했는지를.

현자의 지혜로도, 고위 마법사들의 마법으로도 제국이 일으킨 재앙을 모두 막지는 못했다.

"아까처럼 시선을 끌자는 수작이겠지. 교묘한 말재주 외에는 아무것도 없는 놈이다."

"와, 저게 다 관심을 받고 싶어서? 그럼 너무 불쌍하잖아요?"

"가자 세베론. 시간이 아깝다."

"어? 아, 알았어요."

리리아의 두 눈에 묘한 이채가 감돌았다.

4등위 마법 생도인 오빠가 건네준 생도들의 정보.

그 정보에 의하면 세베론은 빼어난 재능과 성적으로 많은 교수들이 눈여겨보고 있는 천재였다.

한데 그런 그가 왠지 저 금발 머리 생도에게 끌려다니고 있는 듯한 모습이었다.

"아마 그는 시론일 거예요."

"시론……?"

자신에게 말을 건네 온 이는 짙은 흑발이 인상적인 소녀 생도.

'슈리에라고 했던가.'

자신과 함께 보결로 입학한 생도였기에 안면은 있었다.

리리아가 사라져 가는 금발의 생도를 차갑게 노려보았다.

'저 남자가……'

현자의 가문, 메데니아가(家).

저 금발의 청년이 바로 현자 에기오스 님이 남달리 아끼는 손자, 시론이란 말인가?

다른 어떤 생도보다 많은 설명으로 오빠의 인물 일람표에 적혀 있던 인물.

"그는 현자 에기오스 님의 손자예요. 명성과는 다르게 별다른 튀는 행동 없이 그저 묵묵히 수업만 듣는 편이죠."

갑자기 친하게 굴며 주절주절 늘어놓는 것이 마음에 들지 않았다.

리리아는 금방 슈리에의 시선을 외면했다.

그러나.

"뭐지?"

갑자기 새하얀 손이 시야에 들어오자 리리아가 슈리에를 날카롭게 올려다보고 있었다.

"제게 가치 있는 일이거든요. 당신과 악수를 하는 건."

리리아의 가슴에 금방 혐오의 감정이 자리 잡았다.

마법에는 관심도 없는 주제에 그저 인맥 넓히려는 데만 혈 안이 된 재수 없는 귀족 영애.

통성명 한 번 없이 자신을 알아보고, 시론과 같은 주요 생 도들을 훤히 꿰뚫고 있는 것이 바로 그 증거였다.

배움의 성지 아카데미를 한낱 사교장으로 만들어 버리는 이런 인간들과 어울리는 것.

그건 리리아에게 일종의 모욕이었다.

하긴 재능과 능력, 하물며 노력할 각오조차 없다면 이게 저 들의 살아남는 방식이라는 건가.

"치워."

자신을 경멸의 눈빛으로 바라보고 있음에도 슈리에는 여 전히 사람 좋게 웃고 있었다.

메데니아가 당대의 현자를 배출해 낸 신진 마도명가라 면.

어브렐가는 역사 속에 현자를 몇 번이고 배출해 낸 전통의 마도명가.

당연히 그 위상은 결코 메데니아가 못지않았다.

하지만 무엇보다 리리아에게 호감이 생기는 건.

"조금 오해가 있으신 것 같은데."

우우우웅—

마나를 그리기 시작한 슈리에의 수인.

이내 복잡한 회로가 허공에 맺히더니 마력이 타오르기 시작했다.

번쩍!

3등위 화염계 원소 마법 열섬파멸구(熱閃波滅球).

간단하게 자신을 증명한 슈리에가 다시 미소를 지으며 술식을 흩어 냈다.

금방 달라진 리리아의 눈빛.

영창의 자연스러움이나 느껴지는 마력의 결 또한 분명한 3위계.

게다가 열섬파멸구는…….

"뷰오릭 학파를 따르는가?"

"이상에 이르는 길은 하나일지니―"

슈리에가 선창하자 엄숙한 선언이 동시에 흘러나왔다.

〈비록 파멸하여 모든 것을 남길 수 없더라도 그것이 진보의 끝이기에 뷰오릭은 영원하다.〉

싱긋.

"제가 아버지를 괴롭혀 마법학부에서 1년간의 활동을 허락받은 이유는……."

"그만. 네 마력을 느낀 생도들이 이곳을 보고 있다."

"……알겠어요."

마법사에게 있어서 학파란 굉장히 중요한 배경이다.

어떤 학과를 선택하느냐에 따라서 마법적 역량과 성취가 완전하게 달라지기에.

뷰오릭은 전통적인 원소 계열 학파.

하지만 급진적인 이론과 독특한 연구 방식, 다소 극단적인 술식 구현법 등으로 인해 오랜 세월 마법학회에서 배척받아 온 학파였다.

"그럼 네 목적도 입탑권이겠군."

"네."

이 르마델 왕국에서 뷰오릭 학파의 마법사로 살아간다는 건 꽤 힘든 일이었다.

뷰오릭 학파의 마법사는 모든 정치적인 지위에서 손해를 보게 되니까.

다들 쉬쉬하고는 있지만 마탑의 장로들 중에 뷰오릭 학파의 고위 마법사가 있다는 건 공공연한 비밀.

그런 불합리를 타파하기 위해서는 마탑의 일원이 되거나 적어도 마탑의 후원을 받는 존재가 되어야만 했다.

그러나 리리아의 의문은 모두 해소된 것이 아니었다.

"내가 뷰오릭 학파…… 아니, 내가 3위계 이상의 마법사라는 건 어떻게 알았지?"

무등위 생도들은 결코 함부로 학과를 선택하지 않는다.

자신의 재능이 어떤 학과의 마법과 어울리는지는 최소 3위계 이상의 경지를 이루고 나서야 가늠할 수 있게 되니까.

한데 리리아는 가문의 누구에게도 경지를 들키지 않았다. 형제들은 물론, 심지어 아버지에게도.

한데, 슈리에의 대답은 간단했다.

"비밀 집회에 참석하셨잖아요?"

"뭐……?"

뷰오릭 학파의 집회는 말 그대로 비밀 집회, 철저한 익명성이 보장된다.

가면과 음성 변조 마법이 허락되며, 원거리 통신 마법으로도 참여가 가능하다.

"설마 너는!"

뭔가가 생각났는지 동그랗게 눈을 뜨고 있는 리리아.

"네. 그때 반지를 빼라고 조언했던 토끼 가면이 저예요."

멍해진 리리아.

분명 가문의 문양이 새겨진 상속의 인장을 깜빡하고 착용했었다.

그런 자신에게 친절하게 충고해 준 그 토끼 가면이 이 여자라고?

하지만 리리아의 의문은 남아 있었다.

상속의 인장으로 가문을 유추할 수 있었다고 해도, 정확히 자신을 구별하는 건 또 다른 문제였다.

그런 리리아의 눈빛에 담긴 의문을 읽었는지 슈리에가 그녀의 손을 바라보았다.

"그 손. 아까 교실에서 번쩍 들었을 때 바로 알아보았어요. 약지가 짧은 게 참 특이하잖아요?"

자신의 손을 한참 동안 바라보고 있던 리리아.

곧 그녀가 날카롭게 눈을 빛내며 다시 슈리에를 응시했다.

"너……."

이러면 차라리 철없는 귀족 소녀 쪽이 더 나았을지도 몰랐다.

자신의 비밀을 알고 있는 생도란 여러모로 신경 쓰일 테니까.

더구나 자신과 비슷한 나이에 벌써 3위계의 경지라니.

자신은 마도명가의 화려한 지원 속에서 이룩한 경지지만, 눈앞의 이 소녀는 들어 본 적도 없는 자였다.

"그런 눈으로 보지 마세요. 같은 학파의 학도를 팔아먹는 짓 따위는 하지 않을 테니까."

마법사에게 있어서 같은 학파끼리의 결속력은 대단하다.

그제야 불안한 마음이 좀 잦아드는지 리리아는 다시 운동장을 뛰고 있는 루인을 바라보고 있었다.

"저 녀석에게 마력은 느껴지지 않았어요."

"……."

슈리에는 마치 확신에 찬 듯이 조소하고 있었다.

"나도 다른 생도들의 생각과 다르지 않아요."

리리아가 피식 웃는다.

"허세로 관심을 끌어 보겠다는 얄팍한 행동이라는 건가."

"보기 좋게 성공했잖아요? 기존 생도들의 말에 따르면 게리엘도스 교수님이 그렇게 동요하는 건 처음 봤다고 하더군요."

"글쎄."

하지만 리리아는 여전히 생도들의 주장이 별로 와닿지 않았다.

저 달리기만 봐도 알 수 있었다.

저게 단순히 관심을 끌기 위한 행동이라고?

숨이 턱까지 차오른 채로 보는 이가 안쓰러울 정도로 비틀거리는 소년.

쓰러지는 것이 벌써 몇 번째인지 세는 것조차 무의미하다.

'나도 할 수 있을까?'

저렇게 뛴다는 건 보통의 마음가짐으로 되는 것이 아니다.

극한의 정신력과 단호한 결심, 한계를 의심하지 않는 강력한 믿음, 나아가 삶의 목표가 명확한 자의 행동이다.

정말로 저 소년이 누군가를 살리기 위해 뛰고 있다면, 그것이 한결같은 그의 신념이라면.

'그의 마법은 다를 거야.'

마법은 정신으로 빚어내는 창조(創造)다.

어브렐가의 가언을 누구보다도 충실히 이행하고 있는 자가 저 생도라면……

'좀 더 자세히 관찰할 필요가 있어.'

◆ ◈ ◆

루인은 오후 수업에 참여하지 않았다.

오전 수업처럼 필수 과목도 아니었고, 자신에게 필요한 수업은 더더욱 아니라고 판단했기 때문.

현재 자신이 할 수 있는 거라곤 2위계에 머물러 있는 마력을 뽑아낼 수 있는 것이 전부였다.

마력을 구현할 새로운 체계가 필요한 것이지, 마법적 해석이나 술식 공부가 필요한 것이 아닌 것이다.

그렇게 기숙사에 돌아온 루인이 책상에 앉아 골몰하고 있을 때 쟈이로벨의 영언이 들려왔다.

-전에 그 인간 마법사의 마력회로 말이다.

"마력회로? 아, 게리엘도스라는 자."

-네놈이 했던 조언대로 술식의 방향이 틀린 것도 있지만 그것보다는 뭔가 불필요한 걸 잔뜩 집어넣은 느낌이 강했다.

루인이 고개를 끄덕였다.

게리엘도스 교수의 술식은 애초부터 억지로 끼워 맞춘 듯한 마력회로로 가득했다.

처음부터 확산(擴散)이 목적인 듯한 마법.

마력 구현부터 염동 체계, 회로의 진동 방향까지.

이 모든 조합이 모조리 확산을 향해 달려가고 있는데, 그는 억지로 가속(加速)에 끼워 맞추고 있었다.

마법학부의 교수라고 해서 내심 기대했었는데 그 수준이 너무 처참할 지경.

"당연한 거 아니냐? 처음부터 어긋난 회로를 억지로 끼워 맞추려다 보니 이것저것 불필요한 회로가 추가될 수밖에."

-그래도 그놈은 인간 마법사 중에서 꽤 실력이 있는 놈이 아닌가? 아카데미의 교수란 놈이 그런 어처구니없는 회로를 그리는 것에는 반드시 무슨 이유가 있겠지.

루인은 피식 웃음이 터져 나왔다.

마력을 구현하는 체계를 살펴보지 않았을 뿐 현자들의 백마법, 그들의 술식을 전생에서 수도 없이 경험했다.

비록 마계의 흑마법에 비해 완성도는 모자랄지라도, 백마법은 특유의 독특함이 있었다.

한데, 게리엘도스 교수의 술식은 그런 독특함마저도 엿볼 수 없었다.

"그건 그냥 그놈의 실력이 형편없는 거다. 달리 다른 해석은 필요하지 않아."

-내 가정이 궁금하지 않느냐?

"가정?"

-네놈이 그 인간 마법사 놈의 회로를 전혀 이해하지 못하는 이유 말이다.

얼굴을 찡그리는 루인.
처음부터 잘못된 방향의 마력회로라는데 자꾸만 이상한 소리를 늘어놓으니 짜증이 난 것이다.

-내가 본 인간의 백마법은 염동(念動)의 수준이 한심할 정도로 낮다. 간단하게 염동으로 처리할 수 있는 부분까지 모두 회로로 구현해 내려고 드니 그렇게 자꾸만 꼬이는 것 같은데.

루인이 설마하는 표정으로 굳었다.
"그 무슨…… 에이 아니겠지?"
염동(念動).
마법사에게 있어서 어쩌면 마력보다도 더욱 중요시되는

잣대.

마나 친화력이나 술식 구성과는 달리, 염동력은 마법사의 재능을 타지 않는 편이다.

염동력은 마법사의 살아온 세월에 정확히 정비례하며, 이는 염동력이 정신력에 근원을 두고 있기 때문이었다.

인간의 정신은 경험에 의해 단단해진다.

생과 사의 갈림길을 수도 없이 겪은 마법사와, 세상에 갓 나온 신출내기 마법사가 같은 정신력을 지닐 수는 없는 것이다.

하위 위계의 마법사들에 비해 초고위계 마법사들의 캐스팅 시간이 비교도 되지 않을 만큼 빠른 이유.

복잡한 술식과 회로로 구성되어 있던 마법의 구동 체계 대부분을 염동으로 손쉽게 처리해 버리기 때문이다.

'그렇다는 건…….'

문득 불길한 생각에 입술을 깨무는 루인.

하급 마졸들의 평균 수명은 500년.

개중에 뛰어난 마족들은 생애 첫 탈피(脫皮)의 고통 속에서 죽지 않고 마군(魔軍)으로 살아남게 된다.

무한히 이어지는 마계대전에서 살아남은 마군들 중 소수는 각성하여 마장(魔將)이 되고.

그런 극소수의 마장들 중에서 마신의 권능을 나눠 받은 자들이 바로 마왕(魔王).

사실상 이때부터 그들은 필멸자의 굴레에서 완전히 벗어나게 된다.

흑마법이 백마법보다 더한 권능을 지니는 것은 바로 이 때문.

수천 년의 증오를 집어삼키며 성장한 전장의 마귀들이 필멸자의 굴레마저 벗어던졌을 때.

그들은 모든 감정을 초월하여 진정으로 자유로워졌으며, 덕분에 인간과는 비교도 할 수 없는 정신력을 보유하게 된다.

하물며 진마력이라는 막강한 힘을 활용할 수 있는 그들은 인간에게 있어서 막을 수 없는 재앙.

그래서 마계의 침공이란 인간이 맞이할 수 있는 가장 거대한 천재지변이었다.

한데 그런 마계의 정점에 서 있는 마신의 정신력은 어떨까?

더불어 처음부터 그런 괴물 같은 놈에게 흑마법을 배웠고, 또 수만 년 동안 그의 의식과 함께 지낸 자신이라면?

자신이 자연스럽게 여겨 왔던 모든 것들이, 저 백마법에 있어서는 당연한 것이 아니라면?

그 거대한 괴리 앞에서 루인은 마침내 인정할 수밖에 없었다.

드디어 깨달은 것이다.

자신의 마법이 제대로 구현되지 않는 이유를.

이 간단한 걸 놓치고 있었다니.

"……내 염동력은 철저하게 흑마법에 맞춰져 있었군."

같은 염동력을 발휘한다면 이 세계의 마나로 흑마법과 같은 위력의 마법을 시전할 수가 없다.

그 말인즉, 각 마법에 필요한 염동력의 수치를 엄청나게 상향 조정해야 된다는 뜻.

물론 큰 문제는 없었다.

흑마법을 배웠을 초기부터 마력 술식만큼이나 염동력에 매달렸으니까.

회로 술식이고 자시고, 쟈이로벨의 마법을 펼치는 데에 필요한 염동력부터가 터무니없는 수준이었기 때문.

결국에 쟈이로벨은 어쩔 수 없이 온전한 마신의 마법을 전수하는 것을 포기했었다.

대신 두 단계 정도 열화(劣化)된 마법을 자신으로 하여금 익히게 했다.

하지만 그것만으로도 자신은 흑암의 공포가 될 수 있었다.

어느새 루인의 얼굴이 밝아졌다.

흑마법을 회복할 길이 생겼으니 더 이상 아카데미나 마탑에 미련을 두지 않아도 되는 것이다.

물론 같은 마법을 시전한다고 해도 전생보다는 염동력 소모가 막심할 것이다.

허나 자신은 차원의 거품 속에서 수만 년 동안 정신력을 갈

고닦은 몸.

전생과 비교할 수 없는 수준의 염동력을 발휘할 수 있는 상황, 즉 문제 될 게 없는 것이다.

이 세계의 마나를 진마력처럼 다룰 수 있는 방법이 생긴 이상 더는 망설일 필요가 없었다.

당장이라도 짐을 쌀 기세처럼 일어난 루인을 향해 또다시 쟈이로벨의 영언이 울려 퍼졌다.

-섯부른 판단이다. 백마법을 포기한다는 것은.

"무슨 소리냐? 너답지 않게."

흑마법을 향한 마신 쟈이로벨의 자부심은 흔들리지 않는 철탑과 같았다.

쟈이로벨의 열화판 마법으로도 모든 초인들 위에 군림할 수 있었기에 루인 역시 어느 정도 인정하는 부분.

이 바보 같은 아카데미 생활을 정리할 절호의 기회였기에 루인은 선뜻 동의하기 힘들었다.

인간의 백마법 수준이 저 정도로 처참하다면 굳이 익힐 이유가 없지 않나?

-들은 것만으로는 네 전생의 경지를 정확하게 알 수는 없다. 그래서 하나 물어보지. 강림한 상태의 본 마신을 상대로

너는 이길 수 있다고 생각하느냐?

"음."

생각이 길게 이어졌지만 나오는 건 웃음뿐이었다.

그도 그럴 것이, 쟈이로벨이 직접 강림하여 악제(惡帝)와 결전을 벌이던 광경이 지금도 생생했기 때문.

말 그대로 쟈이로벨은 마신이었다.

자유자재로 넘나드는 공간.

손짓 한 번으로 산 하나를 날려 버린다.

발길질 한 번에 지저의 세계로 이어진 듯한 거대한 구멍이 생겨나고.

날갯짓에서 피어난 살을 에는 소용돌이 수백 개가 악제의 군단을 통째로 휩쓴다.

언령 한 번에 대지는 용암으로 들끓었으며.

그가 펼친 광활한 뇌전 지대 역시 적이 근접조차 할 수 없는 지옥이었다.

그 모든 위용이란 가히 신(神).

천천히 마인딩을 마친 루인은 자조적인 눈빛으로 고개를 가로저었다.

"이길 수 없어. 강림한 널 상대할 수 있는 건 역시 '존재'들이나 악제(惡帝)뿐이다."

-역시 그렇군.

쟈이로벨은 잠시 망설이는 듯하더니 다시 힘겹게 영언을
늘어놓았다.

-인간의 역사에서 이 쟈이로벨을 상대할 수 있었던 자들은
이전에도 존재했다. 대표적으로 네놈의 선조인 사홀이 그랬
고, 그 전에도 몇몇이 있었지.

묵묵히 고개를 끄덕이는 루인.
자신 역시 지금까지 존재했던 인간의 영웅들 중에서 '존재'
의 자격을 얻은 자들의 실체를 알고 있었다.
대부분 신화처럼 여겨지지만, 세계의 이면을 엿본 자들에
게만큼은 그것은 엄연히 존재하는 사실.
마신의 자존감을 생각했을 때 언급하기 힘든 말이었기에
루인은 쟈이로벨이 이질적으로 느껴졌다.
"하고 싶은 말이 뭐야."

-그중에는 분명 마법사도 있었다.

"마법사……?"
단지 마법사로 지칭하고 있었으나, 쟈이로벨이 누구를 말

하고 있는지를 단번에 파악할 수 있었다.

"태초의 마법사 테아마라스?"

-그래. 놈은 존재들의 신탁을 받은 것도 아니었고, 마계의
절대자들과 계약도 맺지 않은 마법사였다. 그의 권능은 오직
백마법, 그것으로 본 마신 이상의 경지를 이루었지.

루인은 인정하기 힘들었다.

"실제로 테아마라스와 겨뤄 본 적이 있었나?"

-그건 아니다.

"그런데 왜 그런 소릴 하는 거지?"

-그가 신들의 자식들을 몰살하는 광경을 직접 보았기 때문
이다.

커다랗게 떠진 루인의 두 눈.

"신들의 자식들?"

순간, 루인은 대륙의 고대 전설들을 빠르게 더듬어 나갔
다.

"설마 타이탄족?"

타이탄족.

대륙의 오래된 역사에 따르면 타이탄족은 존재들의 비호를 받는 종족인 드래곤들보다도 강성했다.

하지만 그들은 어느 날 갑자기 멸망했다.

아무런 전조도 없이 순식간에 사라져 버린 타이탄족.

신들과 직접 닿아 있던 종족이었기에, 오히려 신들의 저주를 받아 멸망했다는 것이 정설이었다.

그런데 그들이 단 한 명의 인간에 의해 종족 자체가 멸망을 맞이했다고?

도무지 믿을 수 없는 일이었다.

설사 할 수 있는 일이라고 해도 인간계의 섭리와 인과율에 막대한 영향을 끼치는 일.

신들이라 불리는 '존재'들이 그런 엄청난 재앙을 가만히 내버려 둘 리가 없었다.

"존재들은 뭘 했지? 아니 그것보다 인간들 중에서 초월자(超越者)가 나타났다면 반드시 자신들의 품으로 받아들이려고 할 텐데? 테아마라스가 '존재'가 됐다면 섭리에 벗어나는 일을 벌일 수가 없잖아?"

-거부했겠지.

"……그게 가능해?"

인간계를 다스리는 주신(主神) 알테이아의 권능을 조금이라도 안다면 절대로 저런 말을 할 수 없다.

악제(惡帝)가 모든 존재들을 소멸시켰지만 주신 알테이아만큼은 놈도 어쩌지 못했다.

물론 그녀는 언제나처럼 그 모든 재앙 속에서도 침묵했다.

알테이아 교단의 성자들이 모조리 죽어 나가도, 대륙의 인구 절반 이상이 쓸려 나가도 그녀는 끝내 나타나지 않았다.

억척스럽게 세계의 주시자(注視者)를 고집하던 게으른 주신.

-그녀와 테아마라스 사이에 무슨 일이 일어났는지는 알 수 없다. 하지만 분명 알테이아는 침묵으로 그의 뜻을 존중해 주었다.

주신 알테이아를 침묵시키고 대륙에 영원처럼 존재했던 신의 종족, 타이탄족을 말살한 인간이라…….

그 정도라면 절망의 악제 못지않은가?

"……넌 어째서 이런 얘기를 한 번도 해 주지 않았지?"

차원의 거품 속에서 쟈이로벨과 함께 지낸 시간은 무려 수만 년.

그 엄청난 시간 속에서도 쟈이로벨은 이런 엄청난 세계의 비밀에 대해 비슷한 예조차 언급한 적이 없었다.

-······.

 쟈이로벨은 루인의 질문이 미래의 자신에게 향해 있다는
것을 눈치챘다.
 그러나 아무리 마신이라고 해도 경험하지 못한 미래에 대
해 무슨 말을 할 수 있단 말인가.

 -대답할 수 있을 리가 없지 않느냐?

 묘한 눈빛을 하고 있는 루인.
 확실히 지금의 쟈이로벨은 뭔가 다르다.
 훨씬 더 호의적이고 감정적이다.
 하긴, 같은 쟈이로벨이라고 해도 각기 다른 시간선에 존재
하는 감정이 같을 수는 없겠지.
 "그래. 그럼 굳이 숨겨 온 이런 이야기들을 내게 해 준 이유
는?"

 -그 전에 다른 걸 묻겠다.

 "또 뭐?"

 -넌 전생의 경지를 초월해야 한다. 한데 염동력의 소모가

훨씬 심해진 흑마법의 기반으로는 절대로 가능하지가 않다.

　　루인이 피식 웃었다.
　　"아직도 날 그냥 인간으로 생각하는 거냐?"

　　-염동력이 마법사가 쌓아 온 경험과 정신에 비례하는 것은 분명하다. 하지만 넌 과거로 왔지 않은가?

　　루인이 의뭉스럽게 말했다.
　　"그게 무슨 상관이지? 과거로 왔지만 내 경험과 정신은 그대로다."

　　-정신과 육체를 달리 놓고 생각할 수 없다는 것을 네놈도 잘 알고 있지 않느냐. 육체란 영혼을 담는 그릇. 네놈의 수만 년 정신을 담고 있던 그릇은 미래의 것. 지금의 네 염동력은 필시 예전 같지 않을 것이다.

　　순간 이를 악문 루인이 마나 서클화된 오드를 소환했다.
　　순식간에 염동력을 극한으로 끌어올린 루인이 명계의 잔혹한 불꽃을 이미지했다.
　　지잉-
　　지이이잉-

푸른 빛살들이 무수한 다차원의 회로로 이어졌을 때, 루인의 입에서 차가운 언령이 흘러나왔다.

"하기라사트라."

하기라덴의 상위 마법, 하기라사트라.

화르르르!

떠오르는 불꽃을 바라보고 있는 루인의 두 눈 속에서 당황스러운 감정이 잔뜩 묻어 나오고 있었다.

머리가 깨질 듯한 엄청난 두통.

더구나 하기라사트라의 위력도 약해져 있었고, 빛깔마저 예전과는 달랐다.

"이게 뭐지……?"

원래라면 하기라사트라의 색깔은 명계를 닮아 잿빛.

하지만.

-아무런 색이 없군. 마치 무속성처럼 보인다.

당황한 루인이 냉기 계열 흑마법을 소환했다.

"샤드마하!"

츠츠츠츠-

여전히 아무런 색깔 없이 희미한 마나의 형상만 보이는 샤드마하.

"우움바라트!"

어떤 마법을 소환해도 원래의 속성조차 느껴지지 않았으며 파괴력 역시 과거보다 훨씬 약해져 있었다.

역시 가장 큰 문제는 염동력 소모가 훨씬 심하다는 것이었다.

-막대한 염동력을 소모하여 억지로 이 세계의 마나를 진마력처럼 다룰 수 있게 되었다고 해도 달라지는 것은 없다.

-단순히 염동력만으로 가공된 이 세계의 마나가 진짜 진마력일 리가 없지 않느냐. 그건 허상 같은 것이다. 기본적인 성질이 너무 다르기 때문이지.

허탈한 루인의 표정.

"백마법은⋯⋯."

이미 게리엘도스 교수가 연구하던 마력회로를 모두 봐 버렸기에 도저히 믿음이 생기지 않는다.

-여전히 넌 착각하고 있다. 고위 마족들이 무한한 시간을 바탕으로 불가해의 마법을 구축할 수 있다면⋯⋯.

쟈이로벨의 영언이 조금씩 떨리고 있었다.

-인간은 그것을 전승(傳承)으로 극복하지. 그것은 우리들

의 영원과 다를 것이 없다. 또한……

인간을 얕잡아 보는 감정?

그것 역시 쟈이로벨의 허상이었다.

그럼 진실은 무엇일까.

인간에게는 그 어떤 종족도 따라가지 못할 가장 완벽한 재능이 있었다.

-그렇게 전승된 지혜가 마침내 절대적인 재능과 함께 피어났을 때 인간은 전인미답의 경지를 이룰 수 있다.

루인은 이해할 수 없다는 듯한 표정이었다.

애초에 기댓값 자체가 다르지 않은가?

불과 백여 년의 수명이 전부인 인간이 영원을 살아가는 마신을 어떻게 상대할 수 있단 말인가.

그 절대적인 시간의 차이는 도저히 무시할 수 없는 조건.

한데, 이어진 쟈이로벨의 말에 루인은 멍하니 굳어졌다.

그로서는 절대로 말하고 싶지 않은, 기어코 부정하고 싶은 진실이었다.

-너희들 인간은…… 태초신의 축복을 타고났다.

대륙에 문명이 생겨난 이래, 인간들은 이름조차 알 수 없는 태초신의 흔적을 찾기 위해 오랫동안 헤매 왔다.

태초신.

신(神)들의 아버지.

인간계를 관장하는 주신 알테이아조차도 비교될 수 없는 그 아득한 신격.

하지만 모든 차원과 생명, 물질과 마나를 창조했다는 그의 흔적은 그야말로 신기루 같은 것이었다.

태초신의 축복이라면, 그의 힘을 나눠 받았다는 하계의 신들이나 드래곤 일족이라면 말이 된다.

한데, 한낱 인간이 그런 태초신의 축복을 받아 왔다니…….

맑은 영혼과 강력한 육체의 수인족.

터무니없는 수준의 친화력으로 고대 정령을 다룰 수 있는 요정족.

엄청난 번식력과 전투력, 전사의 영혼을 타고나는 오크족.

손재주의 축복, 장인의 영혼을 타고나 강력한 무기를 생산할 수 있는 드워프족.

그 모든 종족 중에서 가장 약했던 종족이 바로 인간이었다.

치열한 경쟁에서 살아남기 위해 인간들은 무수한 희생을 짊어졌다.

끈질기게 지혜를 전승하여 약자의 운명을 종식해 온 인간의 세월은 절망이라고 불러도 무방할 정도.

인간에게 주어졌던 그런 처절한 역사를 떠올려 보면 그야말로 말도 안 되는 주장이었다.

"……도대체 인간이 무슨 축복을 받았다는 거지?"

-태초신의 축복이 인간에게 어떻게 작용하는지는 나도 모른다. 하지만 태초신의 축복이 너희 인간족에게 깃든 것은 확실하다.

"도대체 뭔 헛소리냐 그게?"

축복의 실체도 말하지 못하면서 태초신의 권능이 깃든 것만큼은 확실하다니.

마계를 통치해 온 마신답지 않은 논리의 비약이었다.

-확실하다. 인간에게는 태초신의 의지를 읽을 수 있는 잠재력이 있다. 태초신의 의지에 화답하는 순간 너희 인간들은 그의 권능을 이어받게 된다.

루인이 피식 웃는다.

"그래서? 인간이 태초신의 의지를 읽을 수 있는 방법은?"

-모른다. 난 인간이 아니니까. 태초신은 억겁의 시간 동안 마계에는 단 한 번도 관심을 기울인 적이 없다.

"왜지? 마족도 그의 피조물이지 않나?"

쟈이로벨은 한동안 말이 없었다.

한참이 지난 후에야 쟈이로벨의 침잠한 영언이 들려왔다.

······우리는 버려진 존재들이다.

루인은 그도 그렇다는 듯 고개를 끄덕였다.

만약 쟈이로벨의 주장대로 태초신이 생명을 기꺼워하는 속성을 지니고 있다면.

마구잡이로 다른 차원을 침범하여 생명력을 갈취하는 마족들은 신의 의지에 반하는 종족이었다.

더구나 마족들은 태초신의 종속을 직접적으로 거부하지 않았는가?

태초의 어둠 발카시어리어스.

그를 또 다른 '태초'라 부르며 자신들만의 악신을 따로 추앙하는 마족들을 태초신이 기꺼워할 리가 없었다.

"네놈들의 자업자득이지 뭐. 버려진 정도가 아니라 아예 그가 소멸시켰다고 해도 이상할 일은 아니지."

어쨌든 루인이 쟈이로벨의 본심을 알게 된 것은 큰 수확이었다.

어쩐지 허구한 날 흑마법의 위대함을 설파하던 마신 놈이 갑자기 태도를 돌변하여 백마법에도 가능성이 있다며 추천하더라니.

그러나 생각이 이어질수록 루인은 점점 자괴감이 몰아쳤다.

데인에게 귀납의 지혜를 설파하던 자신의 모습이 우스꽝스러웠기 때문이었다.

마법에 매진해 온 세월만 따진다면 인류 역사상 가장 긴 시간을 향유한 마법사가 바로 자신일 터였다.

한데 샤이로벨조차 손쉽게 알아본 백마법의 구체성을 왜 자신은 몰라봤단 말인가.

루인의 그런 의문은 샤이로벨이 곧장 해결해 주었다.

-네놈의 주위에는 죄다 초인들로만 득실거렸다. 네놈이 경험했던 것은 백마법의 구조적인 한계를 극복하고 끝내 초인의 경지를 이룬 대마법사들의 절대적인 마법이다.

루인은 부정할 수 없었다.

광휘의 마법사 헤스론.

최후의 현자 유클레아.

인간 진영에 막대한 영향을 끼친 위대한 대마법사들.

오히려 사기 측면으로만 본다면 흑암의 공포였던 자신보다 훨씬 높은 영향력을 끼쳤던 인류의 희망이었다.

그런 자들의 권능만을 봐 왔으니 아카데미의 백마법이 이질적으로 느껴진 것은 어쩌면 당연한 것.

물론 그런 대마법사들의 권능조차도 자신보다는 몇 단계 아래였다.

그러나 쟈이로벨의 주장이 사실이라면, 백마법을 향한 자신의 그런 선입견은 도움이 되지 않을 것이다.

-미천한 염동력이 인간의 한계지만 극복하는 방법도 있다는 뜻이지. 일단은 그걸 찾아내는 게 네놈의 급선무다.

고개를 끄덕이던 루인이 의자를 밀며 일어났다.

결론이 났으니 지체할 필요는 없었다.

철컥.

문을 열자마자 루인의 얼굴이 일그러졌다.

루인의 방문 앞, 벽에 기댄 채로 졸고 있던 아드레나가 황급히 침을 닦고 있었다.

"츄릅, 또 뛰러 가는 건가요?"

아드레나가 게슴츠레 뜬 눈으로 자신을 바라보고 있자 루인은 순간적으로 헛웃음이 흘러나왔다.

저 정도의 열정이라면 마법을 완성해서 조기에 졸업하고

입탑권을 노리는 편이 더욱 빠르지 않나?

"와아, 당신에게 그런 미소도 있군요. 보기 좋은데요?"

언제나 비릿한 미소를 짓고 있던 루인에게서 처음 보는 보기 좋은 미소였다.

"도서관이 어디에 있지?"

"에에, 도서관?"

크게 눈을 뜬 아드레나.

언제나 짐승처럼 운동장만 뛰던 루인이 처음으로 도서관을 찾으니 제법 놀란 것이다.

"에, 도서관도 종류가 다양하죠."

"종류?"

아드레나의 미소에 자부심이 어렸다.

"여긴 '왕립' 아카데미의 마법학부입니다아! 후읍!"

길게 숨을 들이마신 아드레나가 속사포처럼 열정을 토해 냈다.

"이론서와 전공서 위주로 구비되어 있는 지혜의 라이브러리, 민담집과 역사서, 고대 신화를 다루는 서적들 위주인 광명의 라이브러리—"

아드레나의 자부심이 더 길게 이어질 것 같았기에 루인은 단숨에 그녀의 말을 잘랐다.

"지혜의 라이브러리로 가지."

"오호, 역시 지혜인 건가요."

길을 잡아 나서던 아드레나가 문득 묘한 얼굴로 뒤를 돌아
봤다.

"에, 그런데 첫날부터 오후 수업을 이렇게 빠진다고요? 교
수님한테 찍힐 텐데?"

"관심 없다."

루인이 휑하니 앞질러 나가자 아드레나가 빨간 머리칼을
휘날리며 쫓아갔다.

"악! 같이 가요!"

Chapter. 16

지혜의 라이브러리라는 거창한 이름의 도서관은 과연 왕립 아카데미의 명성에 걸맞은 장소였다.

루인이 큼지막한 매직 브러시 모양의 팻말을 눌렀다.

순간 탐지 마법진이 작동하며 문의 가운데에 반짝이던 보석이 붉은빛으로 타올랐다.

"거기, 보석에 명찰을 가져다 대세요. 빈틈이 있으면 인식이 안 되니까 꼭 밀착!"

루인이 묵묵히 가슴께에 매달려 있던 명찰을 빼냈다.

명찰을 인식한 붉은 보석이 다시 희미하게 빛을 잃자.

또다시 탐지 마법이 작동하며 거대한 도서관의 문이 열리기 시작했다.

끼이이이익-

"호오."

그야말로 광활한 도서관.

높은 천장까지 빽빽하게 책으로 채워진 책장들이 수십 미터나 넘게 뻗어 있었다.

낡은 책 냄새가 확 풍겨 오자 루인은 금방 흥이 일었다. 자고로 마법사치고 책을 싫어하는 이는 없었다.

루인이 다소 상기된 얼굴로 아드레나를 응시했다.

"이곳에 얼마나 있을 수 있지?"

"으음, 무등위 생도에겐 저녁 여덟 시까지. 3등위부터 무제한이죠."

"……무제한?"

"3등위 생도부터 논문을 쓸 수 있는 자격이 주어지니까요. 제가 해결해 드려요?"

루인의 얼굴이 다시 밝아졌다.

"그래 줄 수 있나?"

"에, 마법사라면 등가교환(等價交換)의 법칙쯤은 알 텐데요."

눈알을 요리조리 굴리며 뻔뻔하게 휘파람을 불고 있는 아드레나를 바라보며 루인은 고개를 절레절레 젓고 말았다.

대체 마법 생도 주제에 이렇게 수전노처럼 돈을 모으는 이유가 뭘까?

관심 없다는 듯 루인이 걸어가자 아드레나는 자신의 진짜 3등위 견장을 다급히 루인에게 건넸다.

"후불도 가능하거든요?"

"얼마."

"100리랑!"

"상환 기간은 정하지 않겠다."

"에? 그런 게 어딨어요?"

3등위 견장을 낚아채듯 빼앗아 간 루인이 이내 책장을 훑기 시작했다.

〈약화계 술식의 오류성에 대하여〉

〈마나 유체 파장의 광전 효과〉

〈마력 열성(劣性) 현상에 대한 고찰〉

〈고호람의 마력 정제 이론〉

〈마나 역학 - 수직 이동성의 발견〉

〈편미분 확률과 열용량의 법칙〉

〈왜곡 마법 속의 물질은 왜 질량이 변화하는가〉

절로 침이 꿀꺽 넘어간다.

두꺼운 책들의 중심에 새겨진 무늬로 보아 각국의 마탑에서 보내온 최신 이론 연구들.

마침내 학회의 검증을 마친 이론들이 학술로 인정을 받아 이렇게 각국에 보고된 것이었다.

루인이 그런 최신 학술들을 빠르게 훑어 나가기 시작했다.

'허…….'

루인을 더욱 놀라게 만든 것은 저 다양한 연구들이 고작 한 분기에 완성된 업적들이라는 것이었다.

지난해 마법학회에 보고된 학술들만 해도 지금 자신이 본 책장에 있는 것의 네 배.

그런 학술이 백 년, 천 년 동안 쌓였다면?

생각지도 못한 논리의 다양성 앞에서 자신이 무엇을 놓치고 있었는지를 비로소 깨달은 것이다.

'정말 한심하군…….'

루인은 자신의 편협함을 스스로 힐난했다.

흑마법의 위대성에 도취되어 백마법을 깔아 보던 편협한 시야는 쟈이로벨만의 것이 아니었다.

자신 역시 마찬가지였던 것.

만 년 이상의 세월로 갈고닦은 위대한 마법이라고?

백마법 따위로 감히 마신의 마법과 대적하겠느냐고?

하지만 저 필멸자들의 무시무시한 집단 지성을 보라.

그들의 삶은 찰나지만 또한 불꽃이었다.

저 치열한 불꽃들이 백 년이고 천 년이고 타오른다면 그야말로 하늘을 태울 것이다.

그 거대한 불꽃은 고작 수만 년 따위로 대적할 수 있는 것이 아니었다.

그런 무시무시한 지혜의 향연 앞에서 대마도사 루인은 한없이 겸손해질 수밖에 없었다.

"……."

이제 고작 첫 번째 책장.

저 멀리 끝도 없이 뻗어 있는, 수천 년 마법 역사의 찬란한 지혜.

그것은 루인에게 감동을 넘어 열패감으로 다가왔다.

스스로를 향한 모멸감.

완성된 마신의 이론만을 절대의 가치로 삼고서, 고작 안주하기만 했던 편협한 대마도사라니.

너무나 수치스러웠다.

게리엘도스 교수를 향해 일장 연설을 늘어놓던 자신이.

그의 가속(加速)은 언제고 길을 찾아갈 것이었다.

어쩌면 자신의 확산(擴散)을 넘어, 그 이상의 경지를 이룩할 수 있는 그의 가능성을 제한해 버렸다.

감히 그런 마법사의 치열한 열정을 바보 같다고 폄하했다.

-네놈, 자책할 것 없다.

때아닌 샤이로벨의 위로에 루인은 희미하게 웃었다.

'그래. 이게 백마법이란 말이지.'

지혜의 라이브러리.

그 위대한 공간을 바라보고 있자니, 마나의 세계를 표류하는 마법사처럼 쉴 새 없이 마음이 울렁거린다.

그러나 가슴이 타는 듯이 뜨거워진다.

시야는 더없이 또렷해지고 대마도사의 세계는 느려졌다.

천천히 이 모든 지혜를 게걸스럽게 탐닉할 것이다.

역사 속의 마법사들이 남긴 모든 지혜를 집대성할 것이다.

그래서 기어코 또 다른 경지의 대마도사가 될 것이다.

그것이 흑암의 공포, 대마도사 루인이 살아온, 또 살아갈 삶.

루인은 비로소 확신하고 있었다.

백마법은 결코 허술하지 않았다.

◆ ◈ ◆

루인이 지혜의 라이브러리에서 책만 읽은 지도 벌써 3개월째.

이대로 가다간 한 학기를 통째로 놓치게 되니 틀림없는 유급.

졸업을 앞둔 생도라면 몰라도, 무등위 생도가 유급을 당하는 것은 아카데미 역사상 최초일 것이었다.

결국 게리엘도스 교수는 참지 못하고 아드레나를 호출했다.

"아드레나 생도. 녀석을 말릴 방법이 도저히 없겠는가?"

"에, 그건⋯⋯."

글쎄, 그게 과연 가능할까.

이제 루인은 같은 피와 살을 지닌 인간임이 의심될 지경이었다.

마법사가 책을 좋아할 순 있다. 아니 그것은 마법사로서 참된 자질일 것이다.

하지만 어떤 마법사가 루인처럼 할 수 있을까?

새벽 4시 기상.

이어지는 2시간의 체력 단련.

간단한 아침 식사 후 오후 12시까지 도서관.

점심 식사, 역시 이어지는 2시간 체력 단련.

저녁 8시까지 도서관, 저녁 식사.

새벽 1시까지 도서관, 그리고 취침.

무슨 정교한 시계처럼, 이 무식한 루틴을 3개월째 하루도 빠지지 않고 반복하고 있다.

그야말로 자고, 먹고, 뛰는 시간 외에는 모조리 책을 읽는 데 쓰는 것이다.

취침 시간도 고작 3시간.

두 눈으로 직접 확인한 세월이 없다면, 도저히 믿지 못할

한 인간의 행동이었다.

사람이라면 그렇게까지 할 수는 없는 법.

"아무리 생각해도 그건 불가능한 것 같아요."

게리엘도스 교수는 책을 읽는 루인의 눈빛을 보지 못했다.

하지만 그 눈빛을 막상 설명하라고 하면 아드레나는 자신
이 없었다.

열망? 탐욕? 염원? 갈구?

온갖 감정으로 얼룩져 마치 해부할 듯이 책을 바라보는 그
의 눈빛.

말도 붙일 수 없을 만큼의 강렬한 녀석의 두 눈은 가히 사
람의 눈빛이 아니었다.

실제로 아드레나는 책을 읽는 루인을 한 번도 방해한 적이
없었다.

"어떻게 그럴 수가 있지……?"

아드레나의 보고를 수도 없이 들었지만 황당한 것은 게리
엘도스 교수도 마찬가지.

마법을 향한 학구열이라면 그 역시 자부하는 편이었지만
녀석처럼 하라고 한다면…….

암, 사람이 할 짓이 못 되지.

"녀석도 유급은 원하지 않을 것이 아닌가?"

"에…… 하지만 누가 봐도 미친놈이잖아요? 분명 녀석은
지혜의 라이브러리에 존재하는 모든 책을 읽기 전엔 나오지

않으려 할 거예요."

"모, 모든 책?"

지혜의 라이브러리는 천년 르마델 왕국이 축적해 온 마법의 총아.

한 인간의 힘으로는 결코 소화해 낼 수 없는 방대한 지식이다.

"에, 벌써 녀석은 4구역까지의 이론서들을 모두 독파했는걸요?"

"4구역?"

아무리 3개월이라지만 그게 가능한가?

빠르게 쏟아지는 최신 학술을 살피는 것만 해도 시간을 쪼개고 쪼개야 가능할 판국이다.

그렇게 각국의 마탑에서 보고되는 최신 학술들은 그렇다 치더라도, 오랜 세월 동안 정립된 이론들과 고대의 연구 업적들은 평생을 두고 살펴도 불가능한 것이었다.

마탑의 최상층부, 초고위 마법사들조차 책을 멀리하지 않는 것이 바로 그 이유.

이쯤 되면 도저히 궁금증을 참을 수 없었다.

게리엘도스는 수업을 미루고서라도 루인을 확인하고 싶어졌다.

"녀석을 직접 봐야겠다."

◆ ◇ ◆

"허튼소리, 전위(專爲) 파장에 아무리 변곡 저항값을 높여도 마나 수축으로 수렴되지는 않네. 그게 가능했다면 냉기 계열의 마법 자체가 존재할 수 없겠지."

꼬장꼬장한 노인의 말에 루인이 피식 웃었다.

"파형 이동의 불연속성을 이해하지 못하셨군요. 최신 파동 역학에 따르면, 파형 내의 힘은 어떤 순간에도 행렬이 일정하거나 연속성을 띠지 않습니다. 미세한 자극에도 쉽게 이탈하죠."

"흥! 역시 자네는 절대 상수를 부정하는 엘고라 학파를 따르는군!"

루인은 어이가 없었다.

이 노인은 줏대란 것이 없단 말인가?

어제는 바뭉드 학파라고 손가락질을 하더니 이제는 또 엘고라 학파라니.

처음에는 자신이 보고 있던 책을 힐끔거리던 노인이 놀라운 말들을 늘어놓길래 잠시 흥미가 일었었다.

하지만 지금은 이 정도로 정신이 오락가락하는 노인이 마법에 대해 이러쿵저러쿵 떠드는 것이 마음에 들지 않았다.

"더 이상 방해하지 마시고 그만 볼일 보시죠."

피싯.

노인은 묘한 눈빛으로 비웃었다.

"제대로 여물지 않은 관점으로는 어떤 책을 본다 한들 자네의 지혜는 제자리일 걸세."

루인은 노인을 존중하는 편이다.

늙었다는 건 살아남았다는 뜻.

하지만 자신만의 세계에서 허우적거리는 노인의 고루한 아집(我執)까지 존중할 생각은 없었다.

피식.

"그게 언제 적 이론인데 아직도 거기서 허우적거리고 계십니까. 제 말이 틀렸다고 생각한다면 돌아가서서 직접 마력회로를 그려 보든지 하시죠."

마치 제 옷처럼 어울리는 루인의 비웃음에 노인은 더욱 화가 난 듯했다.

"어허! 전위 파장도 법칙을 위배할 수는 없다! 어떤 변주에도 굳건하기에 절대 상수라 불리는 것이다!"

금방 루인의 표정이 어두워진다.

수천 년 동안 진화해 온 인간의 백마법을 직접 살펴본 루인.

그런 장구한 세월에 '절대'라는 수식어를 붙이는 순간 모든 의미를 잃게 된다.

어떤 정립된 이론도 반박될 수 있으며 또한 폐기될 수도 있는 법.

한데 놀랍게도 노인은 거기서 멈추지 않으며 수인을 맺기 시작했다.

부우우웅—

주변 공기가 순식간에 수축한다.

나직한 소음과 함께 일어난 소스라치는 냉기.

순간, 그의 발 주위가 쩍쩍 갈라지며 비명을 토했다.

6위계 결빙계 배리어 마법, 프로즌 아우라(Frozen aura).

노인의 주위로 청명한 하늘빛처럼 아른거리고 있는 수호 장막에 루인은 내심 놀라웠다.

수인(手印)이 맺히자 그 즉시 프로즌 아우라가 구현됐다.

그 말인즉 무영창, 즉 언령조차 생략된 마법이라는 뜻.

시전의 과정 대부분을 염동력으로 처리해 버린 것이다.

6위계 마법을 손짓 한 번으로 구현해 낼 수 있다면 적어도 7위계, 아니 8위계에 이른 대마법사란 말인가?

그러나 루인의 놀라움은 아직 끝난 것이 아니었다.

노인의 수인이 변화한다.

스르르르르-

그의 전면에 희뿌연 빛살이 일어나더니 이내 투명한 프로즌 아우라에 덧씌워졌다.

그 즉시 드러나는 온갖 미세한 형태의 마력회로들.

5위계 감응 마법, 스캐닝(Scanning)이었다.

'동시 구현이라고?'

손쉽게 더블 캐스팅을 구사하는 노인의 실력에 루인은 비로소 확신할 수 있었다.

예상대로 눈앞의 노인은 최소 8위계에 이른 대마법사였다.

"다시 부정해 보라."

그렇게 노인은 친히 마법을 내보이며 자신의 주장을 증명하고 있었다.

"아니—"

이건 반칙이 아닌가?

도서관에서의 심각한 교칙 위반이었다.

함부로 마법을 시전한다면 곧바로 최고 벌점을 부여받게 되는 것이다.

황당해하던 루인이 저 멀리 앉아 있는 사서를 물끄러미 쳐다본다.

원래라면 다급하게 달려와 경고를 했을 텐데?

한데 사서는 그저 얼음처럼 굳어진 채 멍하니 노인을 바라보고 있을 뿐이었다.

마법학부의 교칙 따위는 신경도 쓰지 않는 모습으로 보아, 틀림없이 이 똥고집의 노인은 마법학부의 고위직이거나 마탑의 일원일 터.

"어디 그 엘고라 학파의 잘난 지혜로 내 마법을 부정해 보란 말이다!"

"도서관에서 마법을 시전하면 최고 벌점이 부여됩니다. 지금 저더러 퇴학을 각오하라는 겁니까?"

"사서!"

노인의 외침에 황급히 뛰어오는 사서.

"부, 부르셨습니까?"

"지금부터 도서관 내에서의 교칙을 불용(不用)한다. 이는 한시적으로 작동하는 것이며 사서는 이런 내 뜻을 교율청에 통보하라."

"아, 알겠습니다!"

루인은 핼쑥해진 얼굴로 후다닥 뛰어가는 사서를 쳐다보며 피식거렸다.

어쨌든 상대가 이 정도로 나오는데 물러선다고?

그것은 흑암의 공포, 대마도사 루인의 자존심이 허락하지 않았다.

지이이잉-

루인의 수인이 허공에 수놓아진다.

그러자 미세한 마나의 파동들이 구현되며 물결치기 시작했다.

"흥!"

노인이 코웃음을 쳤다.

녀석의 전면에 떠오른 파동은 전형적인 전위 파장.

그것은 분명 하나의 성질로만 일정하기에 전위(專爲)라 불리는 마나의 힘.

한데.

ㅊㅊㅊㅊㅊㅊ—

순식간에 변화한다.

루인의 염동력과 수인이 어지럽게 맺히자, 마나의 파동들이 마치 춤을 추듯 불안정해진 것이다.

화려하지만 일정한 자극의 변주.

기어코 루인의 마나 파동이 순식간에 공기를 응축시키며 놀라운 냉기를 머금기 시작했다.

스스스스—

쩌저저적!

결정화된 공기가 사방으로 맹위를 떨치기 시작하자 책상, 바닥 할 것 없이 그의 모든 주변이 급속도로 냉각되기 시작한 것이다.

새하얗게 뻗어 간 서리가 책장들을 덮치려고 할 때.

노인의 입에서 경악성이 흘러나왔다.

"그, 그만—!"

루인이 차가운 눈으로 수인을 회수하며 마력을 털어 냈다.

"……."

불신으로 가득한 노인의 눈빛.

두 눈으로 보고도 도저히 믿을 수 없었다.

전위 파장은 텔레포트와 같은 공간 이동 마법에 쓰인다.

고유의 왜곡되지 않은 성질 때문에, 마법에 안정성을 더할 때 필요한 마력 구현법인 것이다.

한데, 녀석은 자신의 주장대로 그런 전위 파장으로 진짜 결빙계 마법을 구현해 냈다.

가장 놀라운 것은 녀석의 마법에서 느껴지는 마력량에 비해, 냉기의 위력이 프로즌 아우라를 능가한다는 것이었다.

그 말인즉 마력의 효율이 비교도 되지 않을 만큼 높다는 뜻.

"……이 마법의 이름이 뭔가?"

곧이어 루인의 담담한 목소리가 이어졌다.

"아직 이름을 짓지는 않았죠."

"뭐?"

이름을 짓지 않았다?

녀석의 말이 뜻하는 바는 너무나 명확했다.

"네, 네가 그 마법을 창안했다는 뜻인가?"

"아직 어설프지만 뭐 일단은 그렇습니다."

눈앞에서 절대적인 법칙처럼 믿어 왔던 전위 파장이 파괴될 때보다도, 노인은 지금이 더 놀라웠다.

믿을 수 없었다.

3등위 마법 생도가 마법을 창안하다니?

하나의 마법이 학회에 보고된다는 것은, 마탑의 수많은 마법사들이 수 년 동안 매달린 결과라는 뜻이었다.

완성된 마법이 아니라 단순한 이론의 정립을 위해서조차, 교수들은 연구실에서 평생 동안 골머리를 싸맨다.

"네 녀석! 이 신성한 지혜의 라이브러리에서 함부로 거짓말을…… 응?"

그때, 노인의 민감한 감각에 포착된 기이한 왜곡 마법의 파장.

분명 녀석의 어깨 부근에서 이질적인 왜곡의 기운이 어지럽게 흩날리고 있었다.

'일루전?'

호기심이 치민 노인이 순식간에 마법을 재배열했다.

점점 일그러지는 노인의 얼굴.

단순한 일루전이라 생각했는데 놀랍게도 마력회로의 결을 읽을 수 없었다.

생도가 펼친 마법을 디스펠(Dispel)하지 못한 것은 처음.

루인은 자신의 마력회로에 끈질기게 간섭해 오는 노인의 마력을 억지로 흩어 내려고 했으나.

8위계의 대마법사답게 노인은 마침내 루인의 치밀한 마력회로를 파훼하고 말았다.

그 순간.

화르르르르—

노인은 그대로 굳어 버렸다.

믿기 힘들 정도의 마력으로 응축되어 있는 하나의 마법구.

도저히 그 느낌을 말로 표현할 수 없는 극도로 이질적인 기운.

한데 그런 마법구를 휘돌고 있는 3개의 새하얀 고리에, 노인은 심장이 미친 듯이 뛰기 시작했다.

'이, 이게 설마……?'

마법사의 상식으로는 도저히 받아들일 수 없는 하나의 가정.

순간, 마법구가 씻은 듯이 사라져 버렸다.

루인이 오드를 영계로 회수한 것이다.

"자, 자네 설마 그건?"

"예? 그게 무슨 말씀이신지."

"아니 분명 방금!"

그때, 이제 막 도서관에 도착한 게리엘도스 교수가 노인을 발견하고는 황급히 허리를 숙였다.

"학부장님을 뵙습니다. 한데 도서관에는 어쩐 일로?"

금방 눈살을 찌푸리는 루인.

'학부장?'

게리엘도스 교수가 정중하게 인사를 건네고 있었지만 학부장의 놀란 표정은 그대로였다.

'……'

틀림없었다.

더없이 강렬한 마나의 결정들.

그것은 분명 서클화된 마력만이 지닐 수 있는 고유의 마나 파장.

게다가 선명하게 유형화된 세 개의 고리까지 직접 보았다.

녀석의 일루전을 디스펠했을 때 자신이 본 것은 틀림없는 '마나 서클'.

하지만 마나 서클이 시전자의 심장이 아닌 몸 바깥에 맺힐 수가 있다니?

마법의 역사를 모조리 뒤진다 해도 그런 예를 찾기란 불가능할 터였다.

이 세상의 모든 물질 중에서 생명체의 심장을 뛰어넘는 마나 매질은 존재하지 않았다.

높은 곳에서 물이 떨어지는 것처럼, 마법사에게 있어서 그것은 마치 자연 현상처럼 당연한 섭리였다.

이처럼 학부장이 아무런 말도 없이 멍하게 굳어만 있자 게리엘도스의 의문은 루인에게 이어졌다.

"무슨 일인가 루인 생도? 혹시 학부장님께 무슨 무례라도……?"

"글쎄요. 전위 파장에 관한 제 의견을 피력했을 뿐, 무례라고 부를 만한 일은 저지르지 않았습니다만."

게리엘도스는 더욱 묘한 표정을 했다.

아직도 학부장님과 루인 생도 주위에는 잔존 마나가 어지럽게 흩날리고 있었다.

그들의 주위로 새하얀 서리들이 퍼져 나간 모양으로 보아 틀림없이 결빙계 마법을 시전한 흔적.

아무리 봐도 무슨 사고를 친 것이 확실한데…….

게리엘도스 교수가 더욱 의심스러운 눈초리로 루인을 바라본다.

"……전위 파장?"

"네."

그런 간단한 이론 하나 때문에 학부장님이 저렇게 동요한다?

한데 그때.

학부장이 더욱 경악한 얼굴로 두 눈을 부릅뜨고 있었다.

"이, 이건!"

마나 스캔을 통해 끈질기게 루인의 마나 서클을 추적하던 학부장이 마침내 희미한 영계의 자취를 찾아낸 것.

"자, 자네! 설마 영계를 다룰 수 있는가?"

게리엘도스 교수는 학부장의 반응을 이해할 수 없었다.

정신계를 극한으로 다룰 수 있는 현자(賢者)의 경지에 이르러서야 간신히 인식할 수 있는 것이 바로 영계(靈界).

마법사가 그런 영계를 다룬다는 건 대마법사 너머의 경지, 즉 초인의 반열에 이르렀다는 뜻이었다.

루인이 뛰어난 재능을 지닌 마법 생도라고 해도 영계를 다룰 수 있을 리가 없지 않은가?

"영계라니…… 그게 뭐죠?"

투명한 루인의 눈망울.

아무것도 모르겠다는 듯, 천연덕스럽게 두 눈을 껌뻑이고 있는 녀석의 연기에 하마터면 속을 뻔했다.

감히 이 대마법사의 눈을 속이려 들다니!

크게 화를 내는 학부장.

"감히 이 헤데이안을 바보 취급하는 것인가! 자네가 소환했던 마나 서클은 분명히 저기! 저 영계에 스며들었다!"

그 즉시 게리엘도스 교수는 헤데이안 학부장이 손짓하고 있는 방향을 시선으로 좇았다.

하지만 그가 가리키고 있는 허공엔 아무것도 없었다.

"저…… 학부장님?"

이어 들려오는 루인의 퉁명한 목소리.

"눈이 많이 침침하신 모양입니다. 하긴 저도 가끔 헛것이 보이기도 하죠. 나이도 있으신데 심상 수련에 너무 매진하진 마십시오."

"이, 이익!"

피식 웃으며 게리엘도스 교수를 응시하는 루인.

"아니 마나 서클을 허공에 '소환'하다니? 교수님은 그게 말이나 된다고 생각하십니까?"

게리엘도스 교수가 눈살을 찌푸린다.

"그게 무슨 실없는 소리인가?"

루인이 어깨를 으쓱하며 거 보라는 듯 다시 헤데이안 학부장을 쳐다본다.

결국 헤데이안은 지그시 이를 깨물며 침묵하고 말았다.

괴상한 마법의 경지만큼이나 뻔뻔함도 보통이 아닌 녀석이었다.

이내 학부장의 차가운 음성이 울려 퍼졌다.

"무등위 생도가 유급의 위기에 처해 있다기에 호기심이 생겨 찾아와 봤네."

"아!"

마법학부에 입학하는 것은 왕국의 모든 어린 마법사들이 바라는 꿈이었다.

무사히 졸업할 수만 있다면 최소한 왕궁마법사로 살아갈 수 있었으니까.

게다가 왕궁마법사로서 성과나 업적이 특별할 경우 마탑의 입성까지 노려볼 수 있었다.

그야말로 마법사로서의 가장 이상적인 성공 루트인 셈.

때문에 무등위 생도가 유급을 당한다는 건 매우 희귀한 일이었다

적어도 수업만 착실하게 들었다면 유급을 당할 리는 없었으니까.

'그룹'을 선택해야만 하는 2학기에 이르기도 전에 유급을 당하는 생도가 있다라.

아마 그건 마법학부 역사상 처음 있는 일.

충분히 학부장이 호기심을 가질 만한 상황인 것이다.

"한데 오로지 책만 읽더군. 견장까지 위조하면서 말이야."

"하, 학부장님 그건……!"

당황한 게리엘도스 교수가 뭐라 입을 열 찰나, 다시 헤데이안 학부장의 차가운 목소리가 들려왔다.

"명찰만 확인해도 쉽게 발견할 수 있는 교칙 부정을 도서관의 사서도 담당 교수도 침묵하더군. 그래서 궁금했지. 이 무등위 생도가 대체 누구길래 이런 특혜를 받고 있단 말인가. 보아하니 귀족가의 자제도 아닌데 말이지."

학부장의 입에서 '담당 교수'라는 단어가 흘러나오자 금방 게리엘도스 교수의 얼굴이 핼쑥해졌다.

어쩔 수 없이 게리엘도스는 마탑의 은밀한 임무를 부여받았다는 것을 모두 고할 수밖에 없었다.

문제는 이 헤데이안 학부장이 마탑과 그리 친밀한 관계가 아니라는 데 있었다.

"뭐? 에기오스가?"

게리엘도스 교수의 귀엣말을 듣던 헤데이안 학부장이 더욱 호기심을 드러냈다.

현자 에기오스가 관심을 다해 지켜보고 있는 무등위 생도라……

'과연, 그래서 범상치 않은 놈이었구나.'

차가운 눈빛으로 고심하던 헤데이안 학부장이 게리엘도스 교수를 다시 불러 세웠다.

"게리엘도스 교수."

"예. 학부장님."

헤데이안 학부장이 루인을 노려보고 있는 채로 한 자 한 자 힘주어 또렷하게 말했다.

"다시 생도들을 가르칠 것이네."

"예……?"

게리엘도스 교수가 믿기 힘들다는 듯, 두 눈을 껌뻑이고 있었다.

헤데이안 학부장이 교편을 내려놓은 지도 벌써 20년이 넘었다.

마탑의 현자님만큼이나 상징적인 존재.

그는 자타가 공인하는 대마법사이자 현자 에기오스 님과는 다른 학파를 추구하는 라이벌.

그런 엄청난 대마법사가 새파란 생도들을 가르치기 위해 다시 교편을 잡겠다니.

"특히, 저 녀석이 꼭 들어야만 하는 과목의 담당 교수가 누구인가?"

무등위 생도가 반드시 들어야 하는 필수 과목은 네 개.

초급 마력 이론, 초급 술식 이론, 초급 염동학 개론, 마지막으로 초급 마도학 사론이었다.

"초급 마력 이론과 술식 이론은 제가 담당하고 있습니다. 초급 염동학 개론은 제이드 교수가, 초급 마도학 사론은 오델로 교수가 맡고 있습니다."

"음…… 알겠네."

불안했는지 게리엘도스가 조심스럽게 질문했다.

"학부장님. 어쩌실 요량이신지……."

"모두 유급 휴가 처리를 해 주겠네. 교수들이 오랜 연구에 지쳐 있다는 건 잘 알고 있네만."

설마 그 모든 수업을 본인이 직접 맡겠다는 말인가?

"저, 저는 제외시켜 주십시오!"

"음 왜지? 다시 말하네만 유급 휴가네."

"괜찮습니다!"

루인을 향한 게리엘도스의 진득한 눈빛.

결국 헤데이안 학부장은 게리엘도스 교수도 자신처럼 저 기이하고 오묘한 녀석에게 빠져 있다는 것을 깨달았다.

"그렇게 하지. 차 한 잔 마시겠는가?"

"영광입니다!"

그렇게 헤데이안 학부장과 게리엘도스 교수가 멀어져 가자 아드레나가 루인을 다그쳤다.

"에, 도대체 무슨 일이 있었던 거죠? 이 서리들은 무엇이고 학부장님은 또 왜 저러시는 건가요?"

하지만 루인은 아드레나에게 눈길 한 번 주지 않았다. 그저 다시 책상에 앉아 책을 읽기 시작할 뿐이었다.

이에 다소 화난 얼굴의 아드레나가 루인의 견장을 뜯었다.

찌익—

루인의 미간이 일그러졌다.

"100리랑이라고 하지 않았나?"

"에, 그건 없던 일로 해야겠어요. 무려 학부장님께서 아신 마당에 교칙 위반을 방조할 수는 없죠."

"마법사의 등가교환을 운운하더니."

"뭐, 아직 받은 것도 없잖아요?"

뽀로통하게 볼을 부풀리던 아드레나가 다시 루인을 설득한다.

"유급을 당하면 이 지혜의 라이브러리에 더는 올 수 없죠. 당신은 정말 그런 상황을 만들 거예요?"

루인은 짜증이 났다.

그 바보 같은 수업들을 듣는 것보다는 지혜의 라이브러리에서 학술서와 이론서를 접하는 편이 훨씬 진전이 빨랐다.

자신을 힐끔거리는 생도들의 시선 따위는 아무런 문제가 없었으나, 학부장과 담당 교수가 방해하고 나서니 더는 버틸 재간이 없었다.

거기에 3등위 생도의 견장이 없다면 예전 같은 루틴도 더는 어려웠다.

'가장 큰 문제는 이 빌어먹을 오드다.'

현재의 상황에서 가장 심각한 문제는 도저히 마나 서클을 숨길 방법이 없다는 것이었다.

지혜의 라이브러리 덕분에 빠르게 3서클의 경지를 이루긴 했다.

그러나 3서클의 환혹 계열 마법으로는 아무리 눈속임을 해 본들, 마력의 결을 살필 수 있는 고위 마법사들까지 속일 수 는 없었다.

현자나 학부장이 그랬던 것처럼 모두 자신을 괴물처럼 여 길 터.

이런 리스크는 적어도 6위계의 경지에 이르기까지 계속 자 신을 괴롭힐 것이다.

뭔가 대책이 필요했다.

턴—

루인이 책을 덮고 일어나자 아드레나의 얼굴에 화색이 돌 았다.

"다시 수업에 참여하시는 거겠죠?"

"그러는 수밖에."

별달리 뾰족한 수가 없었다.

다시 지혜의 라이브러리을 방문하지 못하는 것보단 낫지 않은가.

루인이 자리를 정리하고 지혜의 라이브러리를 빠져나갔다.

◆　◆　◆

　마법 생도들은 비상이었다.

　물론 왕국의 이름 높은 대마법사에게 가르침을 받는 것은 더없이 좋은 기회였다.

　하나 문제는 그가 마법학부의 모든 전권을 지닌 학부장이라는 것에 있었다.

　"매우 괴팍하신 분이라던데……."

　"그 옛날…… 최고 벌점을 밥 먹듯이 부여하셨다지……."

　"과제의 난이도도 엄청나다고……."

　눈앞에 아른거리는 암담한 미래에 하나같이 우울해하고 있는 생도들.

　시론 역시 가라앉은 눈빛으로 입술을 깨물고 있었다.

　'최악이군…….'

　마법학부장 헤데이안.

　그가 자신의 할아버지와 물과 기름 같은 사이라는 것을 시론은 잘 알고 있었다.

　보통은 같은 왕국 출신이면 팔이 안으로 굽게 마련이다.

　그럼에도 현자 에기오스와 학부장 헤데이안은 마법학회에서 틈만 나면 서로를 힐난하며 대립했을 정도.

　자신은 그런 현자 에기오스의 손자이니 분명 호의적이지 않을 것이었다.

그때.

"어? 저놈은?"

"루인 라이언?"

웅성웅성—

루인의 등장에 금방 소란스러워지는 교실.

그도 그럴 것이 루인은 첫 수업 이후 한 번도 수업에 참여한 적이 없었다.

마법 생도들 대부분은 그가 오직 체력 단련과 지혜의 라이브러리에서의 독서만 반복한다는 사실을 잘 알고 있었다.

괴짜 무등위 생도 루인 라이언.

그의 유급이 당연시되던 차에 다시 수업에 나타난 것이었다.

"놓친 수업이 얼만데 지금 와서 뭘 어쩌겠다는 거냐."

"과제를 하려고 해도 조조차 없잖아?"

"지금 구하려고 해도 문제지. 전반기 수업을 죄다 놓친 생도와 누가 같이 하려고 들겠어?"

"그래도 도서관에서 책만 읽었는데 뭔가 대단한 면이 있지 않을까?"

"멍청한 놈. 책으로만 마법사가 될 수 있다면 대체 아카데미는 왜 존재하는 거냐."

그렇게 생도들이 저마다의 감상을 늘어놓으며 떠들고 있을 때.

드르르륵—

교실의 문이 열렸다.

기다랗게 늘어진 새하얀 백발.

보는 이로 하여금 등줄기가 서늘해지게 만드는 차가운 눈빛.

편력과 고집, 고고한 자아가 동시에 느껴지는 미묘한 표정.

그렇게 교실에 입장한 학부장이 생도들을 훑으며 냉랭하게 입을 열었다.

"초급 염동학 개론을 맡은 마법사 헤데이안이네."

이름만 말했을 뿐, 자신에 대해 아무것도 부연하지 않는다.

그럼에도 그의 말에 담긴 위력은 대단했다.

헤데이안.

현자 에기오스와 더불어 왕국에 둘뿐인 대마법사.

곧 그가 커다란 마법 박스를 교탁 위에 올려놓았다.

모든 생도의 시선이 모였을 때, 마법 박스가 천천히 열렸다.

웅성웅성—

검은 천 위, 차갑게 발광하고 있는 작은 금속 상자 여덟 개가 있었다.

특유의 매끈하고 청아한, 마치 빨려 들어갈 것만 같은 그 깊은 빛깔에 눈썰미 좋은 생도 하나가 다급히 외쳤다.

"아, 아다만티움!"

극도로 희귀한 금속, 아다만티움.

엄청난 강도(剛度)로도 유명하지만, 마력을 흩어 내는 항마력 때문에 마법을 막아 내는 무구의 재질로써 엄청난 가치를 지닌 금속이었다.

"이 작은 아다만티움 상자 속에는 어떤 물건이 있네. 이 상자 안의 물건을 바깥으로 꺼내는 것. 이것이 그대들의 첫 번째 과제일세."

시론이 멍하니 굳어졌다.

이 과제는 4등위 생도들의 졸업 과제 중 하나로 유명했다.

그런데 이걸 무등위 생도들에게?

그때, 리리아가 조용히 손을 들었다.

"뭔가?"

"조를 이뤄야 하나요?"

"자유네. 그 말인즉, 혼자 하든 이 교실의 생도 모두가 같은 조가 되든 상관없다는 얘기지."

리리아가 망설임 없이 걸어가 교탁 위의 아다만티움 박스를 꺼내 갔다.

그리고선 아다만티움 박스를 든 채로 루인의 책상 앞에 다가와 섰다.

그녀가 투명한 눈빛으로 루인을 바라보자 생도들이 웅성거리기 시작했다.

"설마…… 아니겠지?"

"리리아가 왜 굳이?"

시론과 더불어 전반기 과제를 최고의 실력으로 돌파해 온 리리아.

한 학년에 쌓을 수 있는 최대 학점이 52점인데 벌써 그녀는 40점에 육박하는 엄청난 학점을 쌓아 가고 있었다.

"루인 라이언. 당신과 같은 조가 되고 싶다."

리리아의 무심한 요구에 모든 생도들이 경악의 표정을 하고 있었다.

이번 기수 중에서 최고의 실력을 뽐내고 있는 마법 생도 리리아가 괴짜 생도 루인에게 한 조를 요구하다니!

그녀는 최대한의 이득과 실리를 챙기는 전형적인 마법사였다.

조에 영입이 될 때도 철저하게 실력 위주의 조원을 요구했고, 전반기 학과 과정 중 어떤 생도와도 별다른 친소 관계를 맺지 않았다.

그녀에겐 마법에 성공했다는 들뜬 모습도 없었다. 교수들이 늘어놓는 칭찬에도 눈썹 하나 꿈쩍하지 않았다.

그런 리리아가 누군가에게 먼저 다가가 조를 요구하는 모습은 꽤 희귀한 광경이었다.

"저도요! 저도 함께해도 되나요?"

반면, 슈리에의 저런 반응에는 다들 눈살을 찌푸렸다.

지금까지 슈리에는 철저하게 리리아의 성취에 기생하며 학점을 쌓아 가고 있었다.

"나 역시 그 조에 들어가고 싶군."

놀랍게도 합류 의사를 통보해 온 생도는 시론.

리리아가 고개를 끄덕였다.

"나는 찬성이다."

"시론 님이라면 저 역시 환영이에요!"

학부장이 초장부터 이런 빌어먹을 난이도의 과제를 낸 것을 보면, 틀림없이 현자 에기오스의 손자인 자신을 괴롭히려는 의도.

이 위기를 돌파하기 위해서 시론은 리리아와의 협력이 필수라고 판단한 것이었다.

"시론까지?"

"그런……!"

앞선 모든 상황보다 더욱 놀라고 있는 생도들.

리리아의 라이벌, 알게 모르게 서로를 견제하고 있던 이번 기수의 수석 후보들이 같은 조에?

이렇게 되면 생도들은 선택의 여지가 없었다.

"나도! 그 조가 되겠어!"

"난 원래 시론과 같은 조였다구!"

"아니 어차피 제한도 없잖아? 이럴 바엔 그냥 다 함께 같은 조가 되면 되지 않을까?"

"맞다! 어차피 이 과제는 고작 우리들 몇 명이 해결할 수 있는 수준이 아니야! 이건 4등위 생도들의 졸업 과제라고!"

헤데이안 학부장은 그렇게 부산스러워진 교실 내부를 무심한 눈으로 바라보고 있었다.

곧 그가 참관석에 앉으며 가져온 책을 펼쳤다. 전위 파장에 관한 최신 이론서였다.

"이번 과제를 일주일 내에 푼다면 모든 생도에게 최고 점수를 부여하겠네."

하지만 생도들은 절대로 희망에 부풀지 않았다.

그 말을 반대로 들으면 일주일 내에 이번 과제를 해결하지 못하면 결국 0점이라는 말과 같았기 때문.

필수 과목의 전반기 학점을 날려 버리면 다음 학기에 메울 점수는 두 배가 된다.

몸서리치던 생도들이 서둘러 책상들을 모두 물렸다.

이어 생도들이 가운데에 아다만티움 박스를 가져다 놓은 후 빙 둘러앉았다.

짧은 단발이 인상적인 생도 프레나가 가장 먼저 입을 열었다.

"일단 투시계 마법으로 박스 내부에 있는 물건의 형질부터 파악하는 것이 먼저 아닐까? 함부로 충격을 줬다가 파손되면 끝장이잖아."

"그렇지. 액체인지 고체인지 확인만 해도……."

"그것보단 공간전이 마법이 답일 듯한데? 하지만 이래선 계산조차 할 수 없겠군."

생도들의 의견에 고개를 가로젓는 시론.

"안 그래도 마력 저항이 상당한 아다만티움인데 거기에 항마력 술식까지 새겨져 있다. 투시 마법은 물론 공간전이 마법도 불가능하다."

이어지는 슈리에의 의견.

"커터 계열 절단 마법은 어때요? 윗부분만 미세하게 자르는 것이 가능하다면 손상 없이 물건을 빼낼 수 있지 않을까요?"

눈살을 찌푸리는 리리아.

"아다만티움을 자르려면 최소한 7위계 이상의 고위 절단 마법이 필요하다. 투시 마법보다 더욱 바보 같은 소리다."

"우린 혼자가 아니잖아요? 연습만 충분하다면 협력 술식으로 고위계 마법 하나쯤은 구현할 수 있을 텐데."

미친년인가?

시론이 벌레 보듯이 슈리에를 쳐다보고 있었다.

수십 명의 생도들은 마력의 성향, 염동력의 수준이 제각각이었다.

미세한 회로 하나만 잘못돼도 술식이 파괴되는 마당.

그러므로 오랜 세월 합을 맞춰 온 동료 마법사들조차도 꺼리는 것이 협력 술식이었다.

한데 이 많은 생도들이 한 몸처럼 합을 맞추는 게 어디 쉬운 일이겠는가?

물론 슈리에의 주장대로 오랜 세월 연습한다면 가능할 수도 있겠지만 남은 시간은 고작 일주일.

애초부터 불가능한 일을 떠들고 있으니 그녀가 한심하게 느껴지는 것은 당연한 일이었다.

시론이 이를 깨물었다.

"일단 아다만티움 박스에 새겨져 있는 저 마법진부터 힘을 모아 디스펠해야 한다. 그래야 일말의 가능성이라도 생긴다."

시론의 측근, 제드가 침을 꿀꺽 삼켰다.

"가능할까? 최소한 교수님들, 최악의 경우 저 무시무시한 학부장님께서 직접 새겨 넣은 마법진 같은데."

"그럼 깔끔하게 포기하고 다 같이 0점을 받든가."

필수 과목에서 최악의 점수를 받는다면 여름 방학과 겨울 방학을 모조리 헌납해야 한다.

그 무시무시한 상상에 제드가 피가 나도록 입술을 깨물었다.

"까짓거 해 보자! 졸업생 선배들도 이 빌어먹을 과제를 통과했다는 뜻이잖아? 우리라고 못하란 법은 없지!"

리리아가 시론을 쳐다봤다.

"내가 마력 투영을 맡지. 술식을 복사해서 바닥에 새기는 건 네가 해라."

"좋다."

우우우웅—

단숨에 허공에 수인을 그리며 마법을 재배열하던 리리아.

하지만 그녀는 아다만티움 박스에 자신의 마력을 투영하기도 전에 거칠게 튕겨져 나갔다.

비틀.

시론의 의문이 리리아에게 이어졌다.

"무슨 일이지?"

리리아가 입술을 깨물며 일어났다.

"마력이 간섭을 받았다. 집중하는 순간 모두 흩어졌다."

"뭐라고……?"

단순히 마법을 방어하는 차원을 넘어 시전자의 마력 자체를 흩어 놓는 마법진이라고?

시론이 헤데이안 학부장을 힐끗 바라본다.

그의 입가에 희미하게 맺혀 있는 것은 분명한 미소였다.

으스러지게 주먹을 말아 쥐는 시론.

애초에 이건 무등위 생도의 수준으로 해결 가능한 과제가 아니었다.

리리아가 다시 자리에 앉았다.

이어 그녀가 루인을 진득하게 바라보았다.

"너의 의견은 없는가?"

리리아의 질문에 모두의 시선이 루인에게 모인다.

루인은 씁쓸하게 웃을 수밖에 없었다.

이 상황은 저 뱀 같은 학부장이 자신을 낚기 위해 마련한 무대.

난공불락의 과제를 던지면 틀림없이 자신의 오드를 끌어낼 수 있다는 판단이 섰을 것이다.

똥인 걸 알면서도 받아먹을 수밖에 없는 개같은 상황.

그 더러운 기분에 루인이 기괴하게 입술을 비틀었다.

"그래. 놀아 주지."

"뭐?"

리리아가 멍하게 굳어졌을 때 루인이 일어났다.

망설임 없이 일어난 그는 수인도 언령도 없이 그저 아다만티움 박스를 노려만 보고 있었다.

츠츠츠츠츠—

갑자기 미친 듯이 펄럭이고 있는 루인의 생도복.

마력이 모이는 전형적인 현상이었다.

지금 자신이 보고 있는 것이 어떤 의미인지를 즉각적으로 깨달은 리리아가 찢어질 듯이 두 눈을 부릅떴다.

"염동(念動)……?"

분명 루인은 어떤 술식도 없이 단순한 염동력만으로 마법을 구현하고 있었다.

현재의 자신은 엄두조차 낼 수 없는, 그야말로 상상 밖의 경지.

그제야 리리아는 루인의 의도를 명확하게 이해했다.

염동력이라면 언령과 술식 위주로 구현한 마력에 비해 훨씬 단단하고 순수한 마력을 모을 수 있었다.

염동력에는 시전자의 의지와 영혼력이 깃들어 있기 때문.

당연히 방어 마법진에 보다 쉽게 대항할 수 있었다.

지지지지직—

금방 아다만티움 박스에서 자욱한 연기가 피어났다.

마력 충돌 현상이 명백했지만 루인의 염동 마법은 끝까지 마법진을 끈질기게 파고들고 있었다.

우우우우웅—

마침내 방어 마법진을 일시적으로 상쇄한 루인이 때를 놓치지 않고 허공에 수인을 맺었다.

복잡하게 생겨난 도식들이 곧바로 아다만티움 박스에 짓쳐 들었다.

지지직—

지지지직—

한참 동안 불꽃이 일던 아다만티움 박스에서 결국 미세한 마력회로들이 검붉은 빛을 띠며 나타났다.

이내 방어 마법진 속의 또 하나의 술식이 수인과 영창을 반복하던 루인에 의해 모조리 복사되어 교실 바닥에 새겨졌다.

파파파파팍!

수인을 걸어 내고 염동력을 진정시키고 있는 루인.

지금의 경지에서 할 수 있는 최선을 다했기에 그의 얼굴은 탈력감으로 새하얗게 물들어 있었다.

자욱한 연기가 모두 사라지자 생도들의 멍한 표정이 드러났다.

시론의 측근 제드가 가장 먼저 반응했다.

"……설마 더블 캐스팅을 한 거야?"

"그것도 처음 마법은 순수한 염동 마법이었어!"

붉게 상기된 얼굴은 리리아도 마찬가지.

과연 루인처럼 엄청난 신념을 지닌 자의 마법이 평범할 리가 없었다. 자신의 예상이 보기 좋게 적중한 것이다.

하지만 이건 좀 궤가 다른 수준이었다.

마탑의 고위 마법사들조차도 염동 마법을 함부로 시전하지 않았다.

강력한 영혼력과 극한의 정신력을 지닌 이가 아니라면 반드시 마법사의 마력 붕괴 현상, 즉 마나번(Mana burn)을 겪을 수밖에 없기 때문.

마법사에게 마나번이 얼마나 끔찍한 고통인지를 잘 알고 있는 리리아로서는 루인의 모든 모습이 전율로 다가왔다.

마법사가 의심 없이 염동 마법을 구사한다는 것.

그만큼 자신의 염동력에 무한한 자신감을 지니고 있다는 뜻이었다.

"미, 미친! 정말 엄청난 놈이었잖아?"

"대단해! 더블 캐스팅이라니!"

"너도 저 녀석의 염동력을 느꼈어? 마치 온몸이 저릿해지는 기분이었다고!"

시론이 피가 나도록 입술을 깨문 채로 루인이 바닥에 새긴 술식을 응시했다.

시론은 방어 마법진을 걷어 내던 루인의 염동 마법이나 그 후에 펼친 복제 마법(Clone Spell)은 애써 무시하고 있었다.

"이게 무슨 술식이지?"

육안으로는 제대로 살필 수 없는 미세한 회로들.

모든 생도들이 사력을 다해 살핀다고 해도 단기간에 정수를 이해할 수 있는 술식은 결코 아니었다.

리리아도 기이한 눈초리로 바닥의 술식을 응시하고 있었다.

"알람 마법인가?"

고개를 가로젓는 루인.

"관성 마력에 별개의 갈래가 존재하지 않아. 알람 마법이라면 반드시 있어야 할 '반응 근일점'이 없다."

"상수(常數)군."

시론의 반응에 루인은 쓸쓸하게 웃을 수밖에 없었다.

저 빌어먹을 노인네는 아직도 자신과의 승부를 받아들이지 못하고 이 술식에 자신의 의지와 철학을 새겨 넣은 것이었다.

그렇게 한참 동안 술식을 바라보던 루인이 곧 입매를 비틀었다.

"아무래도 고위 개폐 마법 같군."

"개폐 마법……?"

의혹으로 가득한 시론의 시선이 루인에게 향했다.

이 짧은 시간에 이런 엄청난 술식을 파악하는 것이 정말로 가능하단 말인가?

자신조차도 몇 개의 수렴 지점만 개략적으로 이해할 뿐.

술식을 관통하고 있는 마력의 성질, 즉 전체의 결은 아직 근원조차 파악할 수 없었다.

"오! 그럴싸하군요! 아다만티움 박스를 통째로 녹여서 만든 것이 아니라면 반드시 열어야 물건을 넣을 수 있었겠죠!"

감탄을 늘어놓는 슈리에와는 달리 리리아는 이해할 수 없다는 눈치였다.

"절대 마력 상수로 개폐 마법이라니 무슨 의도지? 처음 열때를 제외한다면 다시는 열지 않겠다는 뜻인가?"

피식.

학부장의 노골적인 의도.

이것으로 애초에 자신을 시험하기 위한 무대라는 것이 확실해졌다.

또다시 자신의 신념이 부정된다면 이제 그는 어떤 반응을 보일까.

"이건 낡고 낡은 고대의 마나 역학이다."

"고대?"

고개를 끄덕이는 루인.

"마치 늙은이의 고집 같은 술식이지."

책을 읽는 척하고 있었지만 학부장의 손은 분명 미세하게 떨리고 있었다.

루인의 웃음이 더욱 진해진다.

"수열을 통과하는 마력의 등속 이심률을 크게 높인다. 만곡화된 힘이 특이점을 돌파하면 단기적으로는 저항이 사라진다."

"마나 수열 현상을 무너뜨릴 수가 있단 말인가?"

"동일 행렬, 동일 상수라도 절대적인 결과값 같은 건 존재하지 않아. 절대적인 마력 상수 따윈 이미 폐기된 이론이다. 그런 게 마법이라면—"

부우우우웅—

또다시 일어난 염동 마법.

푸른빛으로 일렁거리는 마력의 변주 사이로 루인의 새하얀 치아가 고르게 빛났다.

"재미가 없잖아."

Chapter. 17

술식을 해제하려고 드는 즉시 시전자의 마력을 흩어 버리는 대마법 방어진.

방어 술식을 해제하는 것에 성공한다고 해도 다시 철벽처럼 자리 잡고 있는 고위 개폐 마법.

이런 철옹성 같은 난이도의 이중 트랩 주문이라면 졸업을 앞둔 4등위 생도들이라고 해도 쉽게 해결할 수 없을 것이다.

가능하다고 해도 최소 몇 주, 길게는 몇 달 동안 술식의 작동 기재를 연구해야 겨우 가능한 수준.

파스스스스—

한데 루인은 또다시 염동력만으로 마법을 구현하며 대마

법 방어진을 무력화해 버렸다.

더욱 놀라운 것은 방금처럼 일시적으로 주문을 상쇄하는 것이 아닌, 이번에는 완전하게 해체를 해 버렸다는 점.

극한까지 구동된 염동력 덕분인지, 루인의 온몸에서 새하얀 김까지 아지랑이처럼 뿜어져 나오고 있었다.

"방어 주문의 술식이……."

"……사라졌다."

시론과 리리아가 경악의 얼굴로 루인을 바라보고 있었다.

방금보다 훨씬 강력한 염동 마법.

최소 교수님들이 새겨 넣은 것으로 추정되는 대마법 방어진을 염동 마법만으로 분쇄할 수 있는 생도가 과연 존재할 수 있을까?

디스펠(Dispel) 마법의 전제 조건을 생각해 보면 이건 정말 말도 안 되는 사건이었다.

하위 경지의 마법사가 상위 경지의 주문을 디스펠한다?

그건 차라리 꿈같은 일.

비교 우위에 있는 역량을 지니고도, 상대의 술식을 읽어 내는 안목이 없다면 결코 불가능한 것이 바로 디스펠이었다.

하지만 이론으로만 따진다면 상위 위계의 주문을 해제하는 것이 아예 불가능한 것만은 아니었다.

초월적인 연산력.

술식을 꿰뚫어 보는 직관.

모든 비효율을 생략할 수 있는 염동력.

디스펠 주문의 완성도까지…….

무엇보다 시전자의 마력 자체가 더없이 정순해야 했다.

게다가 이 모든 요건을 충족한다고 해도 운이 따라 주지 않는다면 실패.

한데 저 루인은 단 두 번의 도전 끝에 깔끔하게 디스펠해 버렸다.

일시적으로 대마법 방어진을 걷어 낸 것과 아예 디스펠까지 해 버린 것은 차원이 다른 이야기.

'대체 염동력의 수준이 어느 정도란 말이지?'

시론은 도저히 이해가 되지 않았다.

아무리 뛰어난 재능을 지닌 생도라고 해도 분명 염동력은 마법사의 세월에 정비례하는 법.

세기의 천재들이 무슨 짓을 해도 현자의 아득함을 따라잡을 수 없는 건 바로 그 빌어먹을 염동력 때문이었다.

스스스스—

어느덧 마력을 흩어 내며 염동력을 다스리고 있는 루인.

생도들이 과연 상상이나 할 수 있을까?

수만 년이 넘도록 이어진 루인의 정신.

단순한 잣대로는 결코 가늠할 수 없는 극한의 비현실.

그런 비현실적인 괴리는 생도들이 이해할 수 있는 종류가 아니었다.

하물며 대마법 방어진 주문을 직접 아다만티움 박스에 새긴 당사자의 충격은 어떨까?

'마, 말도 안 되는……!'

루인의 마나 서클을 봤을 때보다 오히려 더한 충격으로 멍해져 버린 헤데이안 학부장.

두 눈으로 직접 지켜보고도 도무지 현실처럼 느껴지지 않는다.

저 아다만티움 박스에 새겨 넣은 대마법 봉쇄 주문 AMF(Anti-magic Field)는 7위계의 고위 마법.

그런 고위 마법을 이해했다는 것만으로도 놀라운데 무려 디스펠이라니!

더욱이 그 파훼 방식 역시 상식적이지가 않다.

AMF의 마력 간섭에서 유일하게 자유로운 마력 구현법이 바로 염동 마법.

그런 녀석의 염동 마법도 놀라웠지만, AMF의 유일한 약점을 즉각적으로 파악하는 그 직관력이 더욱 무서웠다.

게다가 판단을 마친 녀석은 마나번을 각오하며 즉시 염동 마법으로 디스펠에 임했다.

인간인 이상 위험 부담이 크다면 잠시라도 망설이게 마련인데 녀석에겐 그런 것이 없었다.

이건 마치…….

사람처럼 느껴지지 않는다.

"이 정도면 내 할 일은 다한 것 같군."

루인이 새하얀 얼굴로 다시 자리에 앉았다.

아무리 루인의 염동력이 상식을 벗어난 수준이지만 3위계의 경지로 무려 7위계의 주문을 디스펠한 상태.

소비한 마력이 상당했기에 당분간은 어떤 마법도 펼칠 수 없었다.

스윽—

지금까지 한 번도 입을 열지 않고 지켜만 보고 있던 생도 세베론이 일어났다.

"시론, 잠시 내가 살펴봐도 될까요?"

세베론이 아다만티움 박스를 지그시 노려보고 있었다.

지금까지 늘 시론의 곁에서 보조만 하던 그가 갑자기 생도들 앞에 나서는 것은 오늘이 처음.

교수들이 주목하고 있는 천재 생도였기에 그에게 모두의 시선이 모였다.

"뭘 그런 걸 묻나. 우리 모두의 과제다."

이내 세베론의 수인에 의해 맺힌 마법은 일종의 발광 마법이었다.

광원에 의해 아다만티움 박스에 새겨진 미세한 회로들이 남김없이 드러났다.

세베론이 한참 동안 골몰하며 술식을 살핀 후에야 천천히 입을 열었다.

"확실히…… 고전적인 방식의 회로 배열식이야. 그래서 변이 수열을 파악하는 건 역시 의미가 없을 것 같고……."

문득 루인을 바라보는 세베론.

"하지만 네 주장은 너무 위험해. 등속 이심률을 크게 높여서 일시적으로 저항을 상쇄할 수 있다는 건 그냥 가정 같거든."

"가정?"

시론의 질문에 세베론이 고개를 끄덕였다.

"운이 닿으면 특이점의 돌파값을 얻을 순 있겠죠. 하지만 역시 특이점이라는 건 예측할 수 없기 때문에 그렇게 불리잖아요. 만약에 만곡화된 힘이 불안정해지면?"

곰곰이 생각하던 시론의 얼굴이 이내 핼쑥해졌다.

"진행되던 힘이 일시에 행렬을 벗어난다."

콰콰콰쾅!

모든 생도들이 거대한 폭발을 머릿속에 떠올리고 있었다.

그렇게 생도들의 시선이 루인에게 모였을 때, 다시 세베론의 담담한 음성이 흘러나왔다.

"그래서 묻는데…… 네 주장을 뒷받침하는 실험 결과나 연구 사례가 있어?"

고개를 가로젓는 루인.

"그런 건 없다."

"그럼 왜 그런 위험한 주장을 하는 거야?"

루인의 두 눈이 아득한 빛을 머금었다.

"내 이미지의 결과니까."

동시에 표정을 구기는 시론과 세베론.

설마 녀석의 주장이, 본인의 심상 수련 속에서 떠올린 여러 가정 중 하나란 말인가?

한 마법사의 세계, 심상(心想)을 존중하지 않는 것은 아니었다.

하나 그런 심상 실험을 함부로 실체처럼 말하는 것은 다른 이야기.

심상으로 얻은 이미지는 말 그대로 작은 영감일 뿐이었다.

그런 영감들이 끈질긴 연구와 실험으로 검증되고, 실증 결과로 증명할 수 있어야 비로소 마법이라 부를 수 있는 것이다.

"무지막지한 염동력만큼이나 위험한 놈이로군. 심상 실험을 마치 검증된 이론처럼 떠벌리다니."

하지만 이건 루인이 생도들에게 설명할 수 있는 것이 아니었다.

이건 어떤 백마법의 이론서나 학술서에도 존재하지 않는, 대마도사 루인의 경험에 의한 결과값.

또한 동시에 마신 쟈이로벨과 함께 쌓아 올린 마탑(魔塔)이기도 했다.

-크흐흑. 역시 귀여운 핏덩이들의 보잘것없는 연산 체계구나. 등속하는 힘이 크게 이심하여 돌파값을 뚫는다 하더라도 결코 상보성(相補性)을 위배할 수 없다. 인간들은 이 작은 이치를 정말 모르는 것이냐?

루인은 씁쓸하게 웃을 수밖에 없었다.

지금까지 엄청난 양의 마법서를 살펴봤지만 아직까지는 마력의 상보성을 발견한 마탑은 없었다.

이 상보성의 성질을 이해하기 위해선 보다 강력한 위력의 마나, 즉 진마력을 연구해야만 가능했다.

인간 마법사가 진마력을 접해 볼 기회란 오직 마왕의 강림 때밖에 없었다.

"너……!"

"이 자식! 지금 우릴 무시하는 거냐!"

우습게도 생도들은 루인의 미소를 오해하고 있었다.

그러나 리리아만은 달랐다.

"네 말을 증명할 수 있는가?"

고개를 흔드는 루인.

"보다시피. 이제 마력이 남아 있지 않아서."

루인의 그 말에 시론이 이를 깨물며 주머니를 뒤졌다.

곧 그가 주머니에서 꺼낸 것은 작은 유리병.

유리병 속, 투명하게 발광하며 출렁거리는 액체의 정체란 명확했다.

"설마 저건……."

"마, 마력 포션이다!"

마력 포션.

리랑 단위로는 도저히 계산이 불가능한 초고가의 아티펙트.

마시는 것만으로도 마법사의 마력을 채워 주는 고위 연금술의 기적.

생도의 신분으로는 절대 구할 수 없는 물건이었다.

과연 현자의 손자.

"호오."

금방 루인의 두 눈이 이채로 물들었다.

과거의 현자들도 절체절명의 상황에서만 활용하던 마력 포션.

적어도 마법사에게 있어서만큼은 여벌의 목숨이나 마찬가지인 보물이었다.

값도 값이었지만 특유의 희소성 때문에 돈이 있다고 해도 쉽게 구할 수 없었다.

물론 진마력을 활용하던 자신에게는 전혀 도움이 되지 않았지만.

"고작 과제 하나 때문에 이 비싼 마력 포션을 허비하겠다고?"

"고작?"

루인과 시론의 실랑이를 지켜보던 생도들의 눈빛이 달라졌다.

녀석이 얼마나 대단한 마법사인지는 모른다.

하지만 자신들 역시 그야말로 피나는 노력으로 여기까지 왔다.

아카데미에서의 생활은 모두의 꿈.

세베론이 정색한 얼굴로 루인을 응시했다.

"얼마나 대단한 실력을 지니고 있는지는 모르지만—"

"……."

"네가 뛰어나다고 해서 다른 이의 삶이 진지하지 않은 것은 아니야."

루인이 열정으로 들끓는 생도들의 눈빛을 바라보며 환하게 웃었다.

제법 흥이 일었다.

저 젊은 열기들이.

루인은 시론이 내민 마력 포션을 그대로 들이켰다.

휘둥그레 떠진 시론의 두 눈.

"한 번에 마시면 마력이 폭주할 수 있다!"

그러나 루인은 가늘게 파동하며 차오르는 마력을 느끼며 고개를 갸웃하고 있었다.

"절반가량인가."

"저, 절반……?"

최소 5위계에 이른 마법사의 마력을 단숨에 회복시킬 수 있는 중급 마력 포션이었다.

　그런데 절반이라니?

　그럼 녀석은 무슨 고위 마법사라도 된다는 뜻인가?

　사르르르—

　루인이 여전히 미소 띤 얼굴로 수인을 뻗었다.

　지극히 유려하고 자연스러운 손짓.

　순간 환상처럼 마력이 재배열되기 시작했다.

　허공에 맺힌 아름다운 도식(圖式)과 빛나는 선형(線形)들.

　찬란한 마력의 정수들이 아지랑이처럼 흩날리다 사라지기를 반복하며 이내 하나의 술식을 완성해 냈다.

　발광하며 타오르고 있는 루인의 마법을 바라보며 시론이 침을 꿀꺽 삼켰다.

　'대체 이건…….'

　한 마법사의 마력 술식은 그의 심상을 오롯이 닮는다.

　루인의 마력 술식.

　수인을 맺는 모습이나 염동력으로 마력을 재배열하는 광경 등 모든 과정이 너무나 아름다웠다.

　대체 몇 번을 연습해야 저런 고아한 주문이 가능한지 엄두조차 나지 않았다.

　허허롭고 오묘한 기운, 그런 아득한 느낌이 마치 할아버지의 마력 술식을 보는 것 같았다.

화아아악-

완성된 루인의 마력 술식이 잦아들듯 아다만티움 박스에 스며들었다.

순간 새하얀 빛이 방출되기 시작한 아다만티움 박스.

루인의 디스펠 주문과 충돌하며 개폐 마법이 저항하기 시작한 것이다.

우우우우웅—

길게 이어지고 있는 진동.

천천히 공중에 떠오른 아다만티움 박스가 이내 힘없이 떨어진다.

그 순간 모든 생도들의 감각에 하나의 생경한 느낌이 포착되었다.

아다만티움 박스에 강력하게 덧씌워져 있던 마력.

철옹성 같았던 그 개폐 마법이 씻은 듯이 사라진 상태였다.

루인이 굳어져 버린 세베론에게로 걸어갔다.

저벅저벅.

"이름이 뭐지?"

"나?"

멍하니 루인을 올려다보고 있는 세베론.

"세, 세베론이야."

고개를 끄덕이던 루인은 어느새 더없이 진지한 눈빛이 되어 아다만티움 박스를 응시하고 있었다.

"함부로 말했던 것을 사과하지. 하지만 생도들의 삶을 무시한 적은 없다, 세베론."

진동이 멈추며 열린 아다만티움 박스 속에는 황당하게도 아무것도 들어 있지 않았다.

리리아는 어브렐가의 역사에 존재했던 천재적인 마법사들을 머릿속에 떠올리고 있었다.

벙어리로 태어났지만 절대언령(絶對言靈)을 깨우치며 불과 열다섯 나이에 마탑에 입성한 '침묵의 마법사' 드리미트.

엄청난 마나 친화력과 본질을 꿰뚫는 직관으로 왕국 최초로 소환계 마법을 개척한 '유리하는 환영' 듀스란.

시공간에 대한 탁월한 해석으로 새로운 경지의 전이 마법을 학회에 발표하며 세상을 놀라게 한 '시공 마학자' 에릭진저.

그 밖에도 최근 강력한 명성을 떨치고 있는 메데니아가(家)의 마법사들.

또한 왕립 아카데미가 배출한 무수한 천재들…….

'……다르다.'

리리아가 한가득 이를 깨물었다.

어떤 천재의 생애를 살펴봐도 지금 자신이 보고 있는 저 루인을 설명할 수 없었다.

지금까지의 천재들이 특별한 재능을 꽃피워 각자의 분야를 개척했다면…….

루인은 마치 애초부터 모든 면이 완성되어 있는 마법사 같았다.

저런 터무니없는 수준의 염동력부터가 말이 되지 않는다.

만약 그가 세상을 뒤덮을 정도의 재능을 타고났다고 해도, 세월이 쌓이는 만큼 강력해지는 것이 바로 염동력.

그런 염동력이 대마법사에 필적하는 것부터가 받아들일 수 없었다.

더욱이 리리아는 느끼고 있었다.

자신의 경쟁자는 저 시론이 아니라 세베론이라는 것을.

술식을 이해하는 능력만큼은 자신조차 따라갈 수 없는 천재.

한데 루인은 그런 세베론마저 바보 취급하며 자신의 급진적인 이론을 증명해 냈다.

더 황당한 것은 그가 평민 출신이라는 것.

마법명가 혹은 귀족, 그것도 아니라면 뛰어난 스승의 지도 아래 오랜 기간 마법을 배워 온 생도들.

그런 생도들과는 달리 그는 출신부터 불분명한 마법사였다.

대화를 하다 보면 으레 느낄 수 있게 마련인 특유의 학풍도 관찰할 수 없었다.

마법사가 저 정도 경지를 이룩했다면 분명한 소신이 생겼다는 뜻인데, 추구하는 학파가 없다는 건 말이 되지 않았다.

도무지 이해할 수 없는 것들의 연속.

그런 불가해(不可解)의 존재가 다시 입을 열고 있었다.

"어처구니가 없군. 생도들을 망가뜨릴 작정이셨나."

텅 비어 있는 아다만티움 박스.

생도들 역시 가슴을 쓸어내리고 있었다.

전이 마법 같은 공간 술식으로 시도했다면 정말이지 큰일이 날 뻔했다.

물리적인 형태가 있어야 계측과 연산이 가능하다.

또한 그 모든 계산값이 정교한 전이 술식을 통해 외부에서 재구성된다.

그러나 저렇게 텅 비어 있었다면 무수한 오류로 인해 시전자의 뇌가 붕괴할 수도 있는 위험천만한 상황이었다.

헤데이안 학부장.

그가 곧 항의에 가까운 생도들의 눈빛을 마주하며 책을 덮었다.

그의 표정 역시 혼란으로 가득했다.

"설마 애초부터 풀지 못할 것이라 단정하고 계셨습니까?"

시론의 진득한 항의.

"위험한 상황을 방치할 생각은 없었네."

리리아도 표독하게 물었다.

"과제를 해결하는 것이 아닌, 생도들의 창의적인 발상을 보고 싶으셨다면 처음부터 풀이 과정만 채점하겠다고 말씀하셨어야 합니다. 이번 과제는 의심할 여지가 없는 불합리입니다."

헤데이안 학부장은 당황스러운 심정을 가까스로 억누르고 있었다.

자신이 직접 새겨 넣은 술식이었다.

그런 주문이 불과 한 시간 만에 해주(解註), 그것도 통째로 디스펠을 당해 버릴 줄은 생각지도 못한 것이다.

교수들이 머리를 싸맨다 해도 사흘은 걸릴 난이도.

괘씸한 유급 후보생을 시험하려 했던 마음이 돌이킬 수 없는 칼날이 되어 되돌아온 것이다.

이번 과제의 위험성이 교육청에 보고된다면 아무리 학부장이라고 해도 징계를 피할 수 없을 터.

물론 징계 따윈 아무것도 아니었다.

그러나 폄훼될 대마법사의 명예는 문제가 달랐다.

"정식으로 문제를 제기하겠다면 딱히 말리진 않겠네. 하지만 그렇게 담당 교수와 척을 져 봤자 자네들에게 득이 될 건 없네만."

루인이 피식 웃었다.

지난 생에서 모두 보았다.

사람들에게 추앙받던 대마법사들이 어떻게 망가졌는지를.

그들은 완고한 자존심 때문에 무너졌다.

고고한 자아를 포기하지 못해 목숨을 잃었다.

단단해진 노인의 마음은 때론 세상의 어떤 추악한 것들보다 더한 비참함을 토해 내는 법.

솔직하지 못한 감정들이 저 게슴츠레한 눈꺼풀 뒤에 가득할 것이다.

감히 이 대마도사 루인의 앞에서 인간의 감정을 감추려 들다니.

"고작 한 사람의 역량을 시험하기 위해 생도들까지 위험으로 몰아간 것을 사과하는 것이 먼저입니다. 물론 학부장님의 과제가 그런 의도의 전부는 아니겠지만 그 시작이 옹졸한 감정이라는 건 틀림없을 테니까요."

그렇게 루인은 학부장이 숨기고 싶은 마음을 차가운 현실의 바닥으로 끌어내 내동댕이쳤다.

순간 시론이 흥미로운 표정으로 루인을 바라보고 있었다.

'이 녀석…… 내 편을?'

시론은 사태의 본질을 정확히 꿰뚫어 보는 루인의 냉철한 직관에 소스라치게 놀랐다.

'무심한 척하면서도 생도들의 신분과 사정을 모두 헤아리고 있었다는 건가?'

사실이라면 정말 대단한 놈이었다.

학기 내내 지혜의 라이브러리에 처박혀 있었으면서 자신과 학부장의 관계성까지 정확히 캐치하고 있다니.

"……오, 옹졸?"

헤데이안 학부장의 얼굴이 눈에 띄게 붉어졌다.

루인이 별것 아닌 투로 말을 이어 갔다.

"달리 대체할 단어도 없습니다만."

학부장이 아무리 이것저것 물어봐도 입을 다물고 있었다면 역시 문제는 생기지 않았을 것이다.

그러나 대마도사의 자의식이 비합리를 눈앞에 두고 그저 지나칠 수 없게 만들었다.

최대한 흔적을 남기지 않고 조용히 지내고 싶었지만 역시 무리였을까.

어쨌든 학부장은 생도들 앞에서 자신의 면모를 드러나게 만든 원흉.

"부정해서 마음이 편해지신다면 그리하시지요. 그러나 생도들의 마음에서 학부장님에 대한 존경을 덜어 내는 것까지 막아선 안 됩니다. 그건 좀 추하지 않습—"

"그만."

입담까지 보통이 아니었다.

단지 말투만 정중할 뿐, 교묘하게 옹졸한 사람으로 몰아가고 추악한 늙은이로 만드는 녀석이었다.

학부장의 권위에 아랑곳하지 않고 이렇게까지 달려드는 놈이라면 유형은 단 하나.

"원하는 것이 있는가?"

루인이 흐릿하게 웃으며 담담하게 요구했다.

"이번 학기 전원 만점은 약속하신 부분입니다. 거기에 제 개인적인 열망입니다만, 제한적인 도서관의 출입을—"

"허락하지."

학부장이 더는 떠들지 말라는 투로 단번에 수락을 해 오자 루인은 흡족한 표정이 되어 입을 다물었다.

단숨에 자신의 의도를 읽고 정확한 처세를 보여 준다.

과연 노련한 늙은이.

헤데이안 학부장이 생도들을 훑으며 다시 고아하게 입을 열었다.

"약속대로 최고점의 부여는 물론 정중하게 사과하겠네. 이제 되었는가?"

초급 염동학 개론은 가장 난해한 필수 과목.

아직 학기가 끝나지 않은 시점에서 그런 필수 과목의 최고점이 보장되자 생도들의 낯빛이 눈에 띄게 밝아졌다.

더욱이 학부장이 사과까지 한 마당이라 더는 따질 수가 없었다.

"그럼 오후 수업에서 보겠네."

"네? 오후 수업이라뇨?"

슈리에가 당황하며 묻고 있었다.

오후 수업은 오델로 교수의 초급 마도학 사론.

훌륭한 인품을 지닌 오델로 교수, 또한 생도들이 가장 재미있어하는 필수 과목이었다.

"초급 마도학 사론도 오델로 교수를 대신해 내가 맡게 되었네."

"⋯⋯."

"⋯⋯."

찬물을 뒤집어쓴 듯한 정적.

그제야 자신들이 무슨 실수를 저질렀는지 뼈저리게 깨닫기 시작한 생도들.

그렇게 헤데이안 학부장이 사라져 가자 생도들이 하나같이 루인을 차갑게 노려봤다.

이번 일을 빌미로 학부장이 얼마나 괴롭혀 올지 감도 잡히지 않았다.

하지만 시론만은 달랐다.

그가 잔뜩 호감 어린 표정으로 루인에게 다가가더니 손을 내밀었다.

"날 위해 나서 준 것은 제법 흥미로웠다. 나는 시론이다."

"음?"

시론이 무슨 뜻으로 말하는지를 이해할 수 없었다.

그러나 루인은 다가오는 호의를 배척하는 사람은 아니었다.

"루인이다."

"앞으로도 잘 부탁하지."

시론은 한껏 기분이 들떴다.

세베론을 능가하는 천재.

이런 엄청난 인재를 자신의 사람으로 만들 수만 있다면 이번 아카데미의 생활은 결코 헛된 것이 아니었다.

시론이 더없이 진중한 얼굴이 되어 다시 루인을 응시했다.

"그대의 스승이 누구인가? 그런 엄청난 염동력이 우리 나이에 가능할 줄은 상상도 하지 못했다."

잠시 생각하던 루인이 희게 웃으며 대답했다.

"쟈이로벨."

즉각적으로 쟈이로벨의 반응이 이어졌다.

-네, 네놈! 날 그렇게 생각하고 있었던 거냐……?

한껏 들떠 떠들고 있는 쟈이로벨 때문에 루인이 피식거리며 웃고 있을 때.

"쟈이로벨? 그런 마법사가 우리 왕국에 있었나?"

시론이 생도들을 돌아보자 하나같이 고개를 젓고 있었다.

"처음 듣는데?"

"나도 처음 들어."

"다른 왕국의 마법사인가?"

다시 루인을 바라보는 시론.

"그럼 너의 학파는?"

무등위 생도들의 대부분은 아직 학파를 정하지 않았다.

그러나 루인 같은 천재적인 녀석이라면 반드시 추구하는 학파가 있을 것이다.

"……."

루인은 백마법의 다른 것들은 긍정적으로 바라보고 있었지만 이 학파 문제만큼은 부정적이었다.

당장 헤데이안 학부장의 태도만 해도 그랬다.

하나의 학파에 평생 매몰된 자들.

억척스러운 소속감, 추구해 온 이론에 대한 어그러진 자부심.

그런 것들은 마법사의 정신을 좀먹게 할 뿐이었다.

많은 학파로 갈라져 서로 경쟁하는 것까진 이해할 수 있었다.

그러나 각각의 자부심이 비틀려 있다면 전체의 발전이 저해될 뿐이었다.

-고작 한 뼘의 땅을 사이에 두고도 각자의 가치를 주장하는 것이 인간이지. 하물며 늘상 관념과 관념이 부딪치는 마법이다. 이건 마계 쪽도 사정이 다르지 않아.

어쩌면 지혜를 추구해 온 모든 이들에게 불가항력적인 악습일지도 모른다.

루인은 그런 편협한 세계에 자신까지 발을 들이긴 싫었다.

"추구하는 학파 같은 건 없어."

리리아가 그런 루인의 말에 가장 놀라고 있었다.

마법사에게 있어서 학파란 자기 확신이요 증명이다.

그만큼 마법사의 평생을 관통하는 중요한 문제이며 살아가는 가치 그 자체.

"그게 정말 사실인가?"

반면 시론은 환하게 웃고 있었다.

항상 도도하기만 하던 그가 이렇게 기꺼운 감정 표현을 하는 건 이례적이었다.

'좋군!'

루인을 할아버지의 엘고라 학파로 영입할 가능성이 생겼다는 것.

이런 엄청난 천재라면 학파 내의 원로들은 물론 할아버지 역시 쌍수를 들고 환영할 것이었다.

어쩌면 엘고라 학파는 이 천재에 의해 좌지우지될지도 모른다.

시론은 자신의 눈을 믿고 있었다.

그런데 갑자기 슈리에가 루인에게 친하게 굴었다.

"마력 발현에 대한 당신의 관점이 듣고 싶어요."

"마나를 사유하는 과정이지."

"사유(思惟)?"

"다만 그리 목맬 필요는 없다. 너무 학문적으로 접근하지 않는 것이 좋아."

"인위적인 과정보단 실체적 현상이 중요하다는 얘기군요."

"제법…… 틀린 말은 아니다."

리리아도 질문 공세에 합세했다.

"사유를 동기로 삼는다면 역시 탐구와 인식을 중요시하는 건가?"

"넓은 의미로는 그런 식의 관점도 가능하지. 다만 결국은 목적의 문제다. 무슨 의지를 담을 것인가. 마나를 사유하는 건 그래서 시작점이다."

"너무 관념적인 접근이군. 내 생각은……."

점점 묘한 표정으로 변해 가는 시론.

광신도들은 절대로 처음부터 거창한 교리를 들먹이지 않는다.

가만 듣고 있자니 슈리에와 리리아는 어떤 특정 학파의 인식론(認識論)을 향해 교묘하게 대화를 이끌어 가고 있지 않은가?

저 여자들이 지금 눈앞에서 인재를 빼돌리려고 수작을 부리고 있는 것이었다.

"미혹당하지 마라 루인! 저 여자들이 지금 널 세뇌하고 있다!"

"세뇌……?"

저토록 깨끗하고 투명한 천재에게 감히 더러운 것을 묻히려 들다니!

시론이 여생도들의 고단수에 소름이 돋는다는 듯 몸을 부르르 떨고 있었다.

◆ ◇ ◆

땀에 범벅이 된 채로 거의 비틀거리다시피 식당에 들어온 루인.

아드레나가 무표정한 얼굴로 수건과 물을 건네고 있었다.

"에, 사고 제대로 치셨던데."

"……사고?"

입술을 삐죽거리는 아드레나.

"그래도 의리가 있지, 당신이 최초로 펼치는 마법은 나한테 먼저였어야죠. 명색이 당신을 담당하고 있는 조사관인데."

"스토커겠지."

루인이 앞서 배식대로 걸어가자 아드레나가 빨간 머리칼을 찰랑거리며 뒤쫓았다.

"에, 염동 마법만으로 졸업 과제를 해결했다는 게 사실이에요?"

"……."

정확히 계량하며 정량의 삶은 고기를 식판에 담고 있는 루인.

고개를 절레절레 젓고 있던 아드레나는 이내 그 양이 달라졌다는 것을 곧바로 알아차렸다.

"오호, 당신 식사량이 늘었군요! 중요 체크!"

재빨리 일지를 꺼내 메모하고 있는 아드레나를 보며 루인은 피식 웃음이 터져 나왔다.

루인의 몸은 이제 거의 정상인 수준까지 회복되었다고 봐도 무방했다.

아니 오히려 유약한 마법 생도들쯤은 압도하는 건강한 몸을 완성해 가고 있었다.

"어디서 들었지?"

아드레나는 학부장의 수업에 참석하지 않았다.

그런 그녀가 수업에서 있었던 일들을 파악하고 있다는 건 생도들 중에도 그녀의 정보원이 있거나 아니면 학부장에게 직접 들었다는 뜻.

"에, 학부장님께서 게리엘도스 교수님의 연구실에 직접 찾아오셨죠."

"찾아와서?"

"마탑에 보고할 당신의 관찰 기록을 모두 가져가셨어요."

"알아보니 학부장은 마탑하고 꽤 불편한 관계라던데."

아드레나가 생긋 웃었다.

"여긴 마탑보단 학부장님의 입김이 더 크게 작용하는 아카데미잖아요."

하긴 마법학부의 최고 위계인 학부장이다.

그런 학부장의 지휘를 받고 있는 교수들이 그의 명령을 거부할 수는 없을 터.

"마치 싸움소처럼 씩씩거리시더니 당신의 자료를 모두 가져가셨어요. 그래서 게리엘도스 교수님께서 생도 하나를 불러 모든 조사를 끝마치셨죠."

"생도 하나?"

"에, 시론이요. 무등위 생도들 사이에 일어난 일은 시론을 통하면 모두 알 수 있으니까요."

하.

호감을 보이길래 통성명하며 받아 줬더니.

그새를 못 참고 게리엘도스 교수에게 주절주절 모두 떠들어 댔단 말인가.

그렇게 신경이 곤두선 루인의 속도 모르고, 어느덧 다가온 시론이 친근하게 웃으며 자리에 앉고 있었다.

"오호, 과연 절식인가."

시론은 루인의 식단에 호기심을 잔뜩 드러내고 있었다.

마법명가의 엄격한 식단에 오랫동안 길들여진 자신과 달리 루인은 평민이었다.

한데도 오히려 자신보다 더욱 엄격한 식단을 보여 주고 있는 것이었다.

마법사의 날카로운 의식을 유지하기 위해 치가 떨릴 만큼의 절제를 강조하는 바뭉드 학파도 이 정도까진 아니었다.

시론은 루인의 스승이란 자에 대해 더욱 호기심이 일었다.

"정말 대단한 수양이군. 스승의 가르침인가?"

드높은 지혜와 상식 밖의 염동력, 거기에 이런 비범한 절제까지.

정말 놀라웠다.

현자의 가문에서 엄격한 가르침을 받으며 살아왔음에도 루인의 모든 것이 자극으로 다가왔다.

시론이 루인의 삶은 고기와 채소, 으깬 감자를 찬찬히 훑어보고 있었다.

"불(火)에 닿은 음식을 멀리하는 건, 역시 섭식 장애가 사람의 인지 작용과 관련이 있다고 보는 시각인가?"

이내 미간을 찌푸리는 루인.

자신이 스테이크나 통고기를 먹지 못하는 건 그런 거창한 이유가 아니다.

그저 오랜 병상 생활로 약해진 장기의 소화력 때문일 뿐.

"이만한 절식은 우리 가문의 원로분들에게도 본 적이 없는 것 같군. 정말 경이로울 정도의 절제다."

이내 배식대 옆 잔반통으로 걸어간 시론이 식판을 모조리 비우더니 루인과 똑같은 식단을 담기 시작했다.

시론이 다시 자리에 앉았다.

아드레나가 질린다는 듯 얼굴이 새파랗게 변했다.

"에, 그걸 따라 하겠다고요?"

시론은 감명한 듯 열정적인 눈빛을 빛내고 있었다.

"나 시론은 허술한 마법사에게도 하나쯤은 배울 것이 있다고 믿고 있다. 하물며 루인은 내가 본 최고의 생도다."

"에…… 맞는 말이기는 한데……."

"마법사로서 추구해 온 관념을 실제로 모든 생활에 대입해 실천하는 것은 보통의 신념으로 가능한 것이 아니지. 3등위 생도쯤 되는 자가 그런 것도 모르고 있었나?"

"어머?"

화들짝 놀라며 자신의 견장을 확인하는 아드레나.

무등위 견장을 확인한 그녀가 가슴을 쓸어내리더니 묘한 눈빛으로 시론을 바라봤다.

"에, 그래도 알았으면 조금은 대접해 주는 게 예의 아닐까요?"

시론이 피식 웃어넘기며 삶은 고기를 씹어 댈 때 루인의 냉랭한 목소리가 들려왔다.

"게리엘도스 교수에게 내 얘기를 주절주절 다 말해 버렸다지?"

"음? 내 호의가 부담스러웠나? 그만한 사건은 생도로서 엄청난 위업이다. 명성을 쌓는 데 크게 도움이 될 텐데?"

루인이 눈을 멀뚱거리고 있는 시론을 바라보다 한숨을 쉬며 시선을 외면했다.

애초에 대화가 될 놈이 아니었다.

시론이 포크를 내려놓더니 멀리서 식사를 하고 있는 슈리에와 리리아를 맹렬하게 바라보았다.

"항상 경계해라 루인. 보아하니 분명 저 여자들은 급진적이고 위험한 남부의 학파를 따른다. 너의 그런 엄청난 노력도 잘못된 이념을 만나면 무용지물이 된다."

난 널 더 경계하고 싶다.

루인은 여전히 시론에게 시선도 주지 않으며 묵묵히 음식만 씹었다.

그때, 어김없이 보결 생도 일행이 식당에 들어오고 있었다.

연신 걸렁거리며 세를 과시하고 있는 아카데미의 이단아들.

휘파람을 불며 여생도들에게 치근거리고 약한 생도들을 괴롭히고 있는 그 모습에, 역시 이번에도 루인은 나이프와 포크를 내려놓았다.

그때, 한 보결 생도가 시론을 향해 손을 흔들며 다가오고 있었다.

"여어! 시론!"

"후르켈?"

시론은 실력도 없이 가문만 믿고 설치고 다니는 보결 생도 들이 그다지 마음에 들지 않았다.

그러나 굳이 그들과 척질 필요는 없었기에 인사 정도는 하고 지내는 편이었다.

시론이 문제아들과 인사를 나누려 들자 루인이 더 이상은 참지 못하겠다는 듯 먼저 일어났다.

"이만 가 보겠다."

"에, 저도요."

시론의 두 눈에 묘한 이채가 피어올랐다.

"저놈은 오올로니 자작가의 후르켈이다. 너도 알아 두면 좋을 텐데?"

"그래. 많이 친해져라."

"호오…… 과연."

역시 귀족가와의 친분 따윈 신경도 쓰지 않고 있다는 건가.

하긴 녀석의 실력이라면 충분히 그럴 만하다.

점점 더 마음에 든다.

"함께 가자! 루인!"

◆ ◆ ◆

안 그래도 나른한 오후.

초급 마도학 사론 수업은 더없이 지루했다.

물론 역사를 통해 선대의 마법사들이 추구했던 가치들을 되짚어 보는 것이 의미가 없진 않았다.

그러나 역사를 바라보는 관점에 과한 해석이 추가되면 당시의 담론은 희석되기 마련이었다.

온갖 철학적 고찰이 덧씌워진 마도학 사론(史論)은 루인이 보기에 별 의미가 없는 학문이었다.

"진실의 영도자 렐리우스 님은 마법을 소멸하는 인간성의 대체재로 보았네. 인간의 문명이 더없이 진화한 만큼 붕괴한 가치들이 많다는 인식이셨지."

헤데이안 학부장의 두 눈에는 열꽃과도 같은 존경심이 피어나 있었다.

"그래서 렐리우스 님의 마도론은 곧 이성의 해방(解放)이 자 유화(宥和)를 뜻하네. 기억하고 되새기게. 렐리우스 님이 남기신 이 화두는 마도를 꿈꾸는 이라면 반드시 살펴봐야 할 가치일세."

리리아가 무표정한 얼굴로 손을 들고 있었다.

헤데이안 학부장이 고개를 끄덕이자 그녀가 일어났다.

"학부장님의 말씀은 마법을 인간 진화의 위대한 결과라고 설파하셨던 비셰르트 님의 마도서와 충돌합니다. 그리고 저 역시 비셰르트 님의 말씀이 옳다고 생각합니다. 문명의 진화와 함께 발전해 온 것이 마도의 역사가 아닙니까?"

순간 헤데이안 학부장의 오른손에서 마나가 농축되었다.

우우우웅—

곧 그가 자신이 생성한 마나를 차분하게 응시하며 입을 열었다.

"이것은 마법사인 우리들에겐 마력(魔力)일세. 기사들은 이 힘에 스스로 신념과 의지를 더해 투기(闘氣)라 부르지. 반면 성직자들은 신의 힘, 즉 신성력(神聖力)으로 해석하네. 하지만 본질은 무엇일까?"

생도들이 대답 없이 침묵하자 헤데이안 학부장이 고아하게 미소 지었다.

"그냥 태초부터 존재해 온 마나일세. 인간의 이성이 갖가지 해석과 가치를 늘어놓아 봤자 그 본질은 변하지 않아. 마법사라면 이런 순수에 대해 먼저 고민해 보는 것이 옳지 않겠는가?"

리리아가 고개를 젓는다.

"역시 저는 진화해 온 인간성을 부정하는 것이 이성의 해방이라는 인식에 동의할 수 없습니다. 오히려 그런 지엽적인 인식이 마도의 발전을 저해하는 결과로 이어질 거라 생각합니다."

"……지엽적?"

헤데이안 학부장의 얼굴이 일그러지자 모든 생도들이 리

리아를 노려보았다.

그냥 가만히 듣고 있으면 될 것을 굳이 저렇게 학부장을 자극하다니.

안 그래도 루인 때문에 조마조마해 죽겠는데 리리아까지 거들어 버리니 생도들은 안절부절못할 수밖에 없었다.

"렐리우스 님께서 주창하신 담론을 지엽적이라 평가 절하하는 자네의 해석은 많이 과하군."

진실의 영도자 렐리우스를 평가하는 문제는 학계에서도 많은 논란이 있었다.

어떤 이들에게 그는 그저 이상만 좇는 몽상가였다.

진화하려는 인간의 욕망을 저열하다고 보는 그의 인식 때문이었다.

북부의 학파들은 렐리우스의 이런 '붕괴론'을 신봉한다. 그러나 남부의 학파들은 결코 그의 이론을 받아들이지 않았다.

그러므로 북부의 왕국들 중 하나인 르마델 왕국에서 함부로 남부의 학풍(學風)을 따르는 건 위험한 행동이었다.

"리리아 생도. 이미 마음으로 학파를 정했는가?"

리리아는 대답하지 않았다.

아직은 학파 문제 때문에 학부 생활에 지장을 주고 싶지 않았기 때문.

"왜 대답을 하지 못하는가?"

"……마법사의 이상에 관한 문제입니다."

잠시 침묵하던 헤데이안 학부장이 고아하게 웃었다.

"허허, 하기야 무등위 생도에게 벌써 학파 문제를 거론하는 것이 이르긴 하군. 좋네. 그것이 자네의 마도라면 존중하겠네. 그러나 이곳은 르마델 왕국의 마법학부. 자네의 그런 남부식 관점이, 내 수업에서 높은 점수를 기대할 수 없다는 것쯤은 잘 알고 있겠지."

"……."

"그만 앉게."

리리아가 어쩔 수 없이 입술을 깨물며 자리에 앉았다.

헤데이안 학부장의 시선이 금방 루인에게로 향했다.

"루인 생도."

루인은 애써 학부장의 시선을 외면하고 있었다.

그냥 좀 넘어가면 안 되나?

"생도. 내 말이 들리지 않는가?"

길게 한숨을 내쉬며 일어난 루인.

"후, 말씀하시지요."

"자네는 어떤 생각인가?"

루인이 감정 없이 입을 열었다.

"아무 생각이 없습니다."

루인은 이 쓸데없는 이념 놀이에 휘말리기 싫었다.

마도(魔道)에 서로의 방식을 강요하는 건 바보 같은 짓.

진실의 영도자 렐리우스니 이성의 수사학자 비셰르트니

해 봤자 결국 한 명의 마법사일 뿐이지 않은가?

반면 헤데이안 학부장은 웃고 있었다.

루인은 생도 수준을 아득히 상회하는 염동력을 지닌 마법사.

그런 녀석이 이런 중요한 마도의 이상 문제에 아무런 감흥이 일어나지 않을 리가 없었다.

"자네는 솔직하지 못하군."

루인은 짜증이 났다.

"저와 싸우는 게 재밌습니까?"

가만히 내버려 두면 부딪칠 일도 없을 텐데 왜 자꾸만 도발을 일삼는단 말인가.

"그저 마법사로서의 궁금증이네. 자네라면 틀림없이 독특한 시각을 주창할 것이라 기대하고 있다네."

아니 무슨 교수직이 본인의 궁금증을 해소하기 위한 직책인가?

루인이 신경질적으로 대답했다.

"솔직함? 좋습니다. 저는 학파들이 주장하는 모든 인식론(認識論)들이 하찮더군요."

"하찮……?"

"한 개인이 남긴 사상을 피동적으로 학습하는 것에 대체 어떤 의미가 있지요? 마도학 사론? 역사의 나열을 습득하기 위한 경주와 같은 이 바보 같은 수업이 한 사람의 마도에 정말 도움을 줄 것 같습니까?"

마치 마도학의 역사를 부정하는 듯한 뉘앙스.

"마법사의 이상은 그리 거창한 것이 아닙니다. 죄다 이런 이념 놀이에 빠져 있으니 정작 눈앞에서 동료가 터져 나가도 멍하니 굳어 버리는 거 아닙니까."

헤데이안 학부장이 충격으로 굳어져 있었다.

'이, 이념 놀이?'

결코 마도(魔道)를 꿈꾸는 생도의 입에서 나올 말은 아니었다.

마법의 역사를 조금이라도 안다면 저런 말을 할 수가 없었다.

그들은 마법으로 세계의 진실을 풀어낸 자들이었고, 당시의 시대상으로는 도저히 할 수 없는 일을 해낸 위대한 위인들이었다.

역사 속에서 선구자들이 보여 준 놀라운 이성은 마법사들에게 경전(經典)이나 마찬가지.

헤데이안 학부장은 모멸감에 가까운 심정으로 루인을 노려보고 있었다.

"루인 생도. 방금의 그 말을 철회하게."

"마치 학부장님의 직권으로 벌점이라도 부과하시겠다는 뜻으로 들리는군요."

루인은 예의 비틀린 입매로 웃고 있었다.

"마도학의 역사를 부정하는 생도에게 좋은 점수를 주는 교수는 없네."

"역사를 부정한다고 말씀드린 적은 없습니다."

참지 못한 헤데이안 학부장이 언성을 높였다.

"감히 이 헤데이안의 앞에서 말장난을 해 볼 요량인가! 마법의 선구자들께서 남기신 이상을 모두 하찮다고 단언하는 자네가 어째서 역사를 부정하지 않고 있다는 건가!"

순간 루인의 얼굴에서 웃음기가 사라졌다.

"학부장님께선 마법이 소멸하는 인간성의 대체재라고 하셨죠."

"……위대한 마법사 렐리우스 님께서 남기신 뜻이네."

루인의 두 눈에서 범접하기 힘든 빛이 흘러나왔다.

그런 루인의 기세가 얼마나 사나운지 헤데이안 학부장이 쉽게 입을 열기 힘들 정도였다.

"편제에서 마법사는 최후의 최후까지 보호받는 존재. 빗발치는 석궁 세례로 온몸에 구멍이 꿰뚫리면서도 병사들은 마법사만 쳐다보며 죽어 가죠."

갑자기 눈을 감은 루인이 한동안 말을 잇지 못했다.

"……어제까지만 해도 함께 수다를 떨던 이가, 나를 위해 남몰래 숨죽여 울던 형제 같은 놈이, 누구보다 아름다운 영혼을 지닌 녀석들이 간절히 바라던 것."

"……"

"전세를 한순간에 뒤집을 수 있는 단 한 명의 마법사. 저마다 희망을 담아 죽어 가는 그런 불꽃같은 눈빛들을 바라보면서, 수인을 맺고 복잡한 마력을 재배열하여 마침내 지고의 술식을 완성해 낼 수 있는 동력은—"

"……."

"내가 인간이라는, 그런 머저리 같은 자각몽이 아닙니다. 인간성이요?"

루인의 어깨가 떨리고 있었다.

아드레나는 이런 루인의 모습을 지금까지 본 적이 없었다.

놀랍도록 차가운 눈빛이었으나, 그 속에 억눌린 감정은 보는 이로 하여금 질식할 것만 느낌을 자아냈다.

"……개나 주라지요."

마치 직접 경험한 감정들을 토해 내는 듯한 무등위 생도.

헤데이안 학부장은 오랜 자조처럼 느껴지는 루인의 말속에서 참을 수 없는 이질감을 느끼고 있었다.

'대체 이 녀석은……!'

루인이 건넨 묵직한 감정.

가슴속에서 내내 메아리치는 그 기묘한 감정이 헤데이안 학부장을 입조차 열 수 없게 만들었다.

감정이란 전염의 성질을 띠고 있어서, 생도들도 하나같이 눈을 감은 채 각자의 감상에 빠져들어 있었다.

"마법사를 견딜 수 있게 하는 건, 그럼에도 살아남았다는 얄팍한 안도입니다. 애써 추억을 잊어 가는 비겁한 외면입니다. 복수를 완성했기에 모든 희생을 합리화하는 뒤틀린 자기애(自己愛)입니다."

검성, 내 목소리가 들리나?

"뒤틀려 가는 자아를 스스로 방어하기 위해 마법사는 모든 비굴한 감정들을 짊어질 수 있습니다. 소멸하는 인간성? 그런 게 가능하리라 보시는 겁니까?"

왜 말이 없나. 처음으로 하는 고백인데.

"잔인한 말처럼 들리겠지만 사람의 인간성은 사라질 수 있는 것이 아닙니다. 그래서 모두 개소리란 겁니다."

미안하네. 자네가 등을 맡기던 마법사가 고작 이런 놈이어서.

◆ ◈ ◆

밤안개가 짙게 내리깔린 어둑한 오후.
언제나처럼 루인은 차갑게 돌아와 운동장을 뛰고 있었다.

하지만 그를 지켜보는 이는 제법 많이 늘어나 있었다.

복잡한 감정을 숨기지 못하고 있는 리리아와 슈리에.

그리고 아직도 멍한 표정의 시론과 그의 친구들.

"……녀석은 전쟁을 겪은 건가?"

뇌까리는 듯한 시론의 질문에 슈리에가 고개를 저었다.

"반세기 내에 전쟁은 없었어요."

이어 들려오는 세베론의 잔잔한 목소리.

"용병대에 몸담았다면 가능한 이야기입니다. 몇몇 유명한 용병대들은 다른 왕국의 전쟁에도 참여하니까요."

리리아가 고개를 가로저었다.

"전쟁까지 참여한 용병대의 마법사라면 내가 모를 리 없다."

시론이 고개를 끄덕였다.

리리아의 가문은 오랜 전통의 마법명가.

어브렐가라면 왕국에 존재하는 거의 모든 용병대들과 밀접한 교류 관계를 맺고 있을 것이다.

"무엇보다 다른 왕국으로 출정까지 나가는 용병대들은 우리 나이 정도의 마법사에게 관심을 가지지 않는다."

하기야 노련한 용병대장이라면 기껏해야 갓 성인식을 통과한 마법사를 초빙할 리 없었다.

차라리 보수가 높더라도 안정적으로 뒤를 맡길 수 있는 경험 많은 마법사를 원할 것이다.

당연히 시론의 의문은 더욱 진해져만 갔다.

마법(魔法).

그저 지혜를 알아 가는 과정이 즐거웠다.

난제를 해결할 수 있기에 보람찼다.

창의적인 회로를 접하며 술식을 정복해 나가는 희열에 즐겁기만 했다.

한데 그런 마법이, 죽어 가는 자들의 염원을 짊어지게 된다니.

시론은 그런 식으로는 한 번도 생각해 본 적이 없었다.

'……'

운동장을 뛰는 루인의 행동이, 전에는 그저 시선을 끌기 위한 몸부림이라고 생각했다.

하지만 지금은 그런 바보 같은 이유가 아니라는 걸 잘 알고 있다.

루인 라이언.

천재라는 간단한 수사로는 도저히 설명할 수 없는, 분명 그 이상의 무언가가 존재하는 녀석이었다.

툭 투툭

갑자기 생도복 상의 단추를 푸는 시론.

그의 곁을 지키던 제드가 두 눈을 휘둥그레 뜨며 물었다.

"시론? 설마?"

단추를 모두 풀어낸 시론이 생도복 상의를 벗어 던졌다.

"나도 녀석과 함께 뛴다. 제드."

말을 잇지 못하고 멍하니 굳어 버린 제드.

평소 모든 체력과 정신력을 마법에만 쏟던 시론이었다.

그런 그가 운동장을 뛰는 모습이란 상상이 되지 않았다.

"괘, 괜찮겠어? 한 번도 뛰어 보지 않았잖아."

시론이 말없이 운동장을 향해 뛰어갔다.

남겨진 생도들이 하나같이 멍하니 시론을 응시하고 있었
다.

인상을 찌푸린 채 한참을 고민하던 세베론도 단추를 풀기
시작했다.

"세베론, 너도……?"

"뭐, 시론 님에게 생각이 있겠죠."

세베론까지 뛰어가자 선택의 여지가 없었다.

제드를 필두로 시론을 따르던 생도들 모두가 상의를 벗으
며 운동장으로 뛰어나간 것이다.

나무에 기대어 있던 아드레나가 루인을 관찰하던 것을 멈
추며 인상을 찡그렸다.

"에, 왜 다들 미쳐 가는 거죠?"

한참 동안 루인을 바라보던 리리아가 기숙사로 발길을 옮
기자 슈리에도 말없이 그녀를 뒤따랐다.

Chapter. 18

뎅뎅—

어느덧 새벽 3시를 알려 오는 괘종시계.

벌써부터 사서는 꾸벅꾸벅 졸고 있었다.

역시 지금 시간까지 지혜의 라이브러리에 남아 책을 읽고 있는 생도는 오늘도 자신 하나뿐이었다.

텁—

루인이 책상을 정리하고 일어났을 때 쟈이로벨의 영언이 울려 퍼졌다.

-제자야.

샤이로벨은 루인이 꽤 심란한 상태라는 걸 일찌감치 꿰뚫고 있었다.

그래서 몇 번이나 장난스레 불러 봤지만 루인은 지금까지 한 번도 대꾸하지 않았었다.

그런데 그때.

〈흐아아암, 잘 잤다. 앗? 여긴 어디야?〉

-으헉!

샤이로벨이 기겁을 하며 루인의 영혼 깊숙한 곳으로 종적을 감추자.

〈으아아악! 책이 너무 많아! 뭐야! 이 지옥 같은 곳은?〉

깨어난 선조 사홀의 사념.

그렇지 않아도 궁금한 것이 많았던 루인이 망설임 없이 입을 열었다.

"여긴 르마델 왕국의 아카데미입니다."

〈아카데미? 그게 뭐야?〉

르마델의 건국 영웅 사홀은 천 년 전, 왕국이 태어나기도 전에 활동하던 인물.

그의 사념이 온전하다고 해도 그의 기억 속에 왕립 아카데미란 없을 것이다.

"왕국에서 선별한 인재들을 가르치는 곳입니다. 천 년 전에는 이런 곳이 없었나 봅니다."

〈천 년 전? 그게 무슨 뜻이야?〉

"여기는 당신께서 살던 때로부터 천 년 후의 세계입니다."

본디 사념이란 연약했다.

갑작스럽게 정체성에 혼란이 온다면 붕괴되어 사라질 위험이 있는 것이다.

하지만 자신의 정신 체계에 위험한 변수로 작용할 확률이 높은 사념이 사라진다면 그것대로도 좋은 일.

〈너. 나 알고 있는 거지?〉

"당연히 알고 있죠. 건국왕님과 더불어 르마델의 역사 속에 존재하는 단 두 명의 드래곤 라이더. 당신은 건국왕 소 로오 르마델 님의 친구이자 베른가의 시조이십니다."

〈너! 비세리스마를 알아?〉

"그 이름은 당신을 사역하던 드래곤의 이름입니다."

〈비, 비세리스마를 안다고? 그럼 지금 그 녀석은 어디에 있지? 안다면 제발 그 녀석에게 날 데려가 줘!〉

하이베른가가 멸망할 때도 가문의 수호룡 비세리스마는 나타나지 않았었다.

만약 비세리스마가 있었다면 그렇게 비참하게 멸망하진 않았을 것이다.

"그건 모릅니다. 아마도 죽었을 겁니다."

그렇게 루인은 계속 사흘을 자극하고 있었다.

마치 아이처럼 느껴지는 사념이, 역사 속의 위대한 선조라는 것은 너무 이질적이었다.

그래서 루인은 연속되는 자극을 통해 빨리 사흘의 사념이 각성하기를 바랐다.

그것도 아니면 그냥 없어지거나.

〈죽었다고……?〉

불안한 듯 떨려 오는 사념의 파동.

마치 예상이라도 했다는 듯이 사홀의 사념은 오랫동안 침묵하고 있었다.

〈……그래. 결국 죽었구나. 어쩐지 지고룡의 대지를 다 뒤엎었는데도 없었거든.〉

루인은 깜짝 놀랐다.

지고룡(地古龍)이라면 드래곤 종족의 신화 속에 존재하는 창세룡.

신화처럼 아득한 존재가 실체였다는 것도 놀랍지만, 사홀이 그런 지고룡의 레어(Lair)를 알고 있다는 것이 더욱 놀라웠다.

게다가 뒤엎었다니.

고고한 드래곤들이 알았다면 인간이라는 종족 자체를 말살하려 들 것이다.

대체 이 사홀은 얼마나 엄청난 인간이었을까?

어쩌면 건국왕보다도 더 강한 존재였을지도 모른다.

하긴 그가 남긴 작은 사념이 천 년이 지나도록 남아 있는 것만 해도 상식적이지가 않았다.

〈어…… 네 이름은 루인 베른. 그럼 넌 나의 후손이야? 잠깐만! 이게 뭐지? 이런 비참한 세계가? 너 과거로 돌아왔어?

이게 가능해?〉

영혼의 파편에 불과한 사념 주체에 자신의 기억까지 읽어
낼 수 있다니.

루인은 마치 모든 감각이 곤두서는 기분이 들어 불쾌했지
만 어쩔 수가 없었다.

정신 방벽을 치고 싶어도 이미 영혼까지 침투한 사념을 어
쩌지는 못했다.

〈말도 안 돼! 세계를 이루는 '존재'들이 다 죽는다고? 어머
니는? 그녀는 뭘 했지? 그녀가 우리를 내버려 둘 리가 없잖
아!〉

아무래도 천 년 전의 인간들은 주신 알테이아와 조금 더 친
밀했던 모양.

〈영혼의 구름을 두른 저 녀석! 나 이외에 저만큼 강한 인
간이 존재할 수 있다니 말도 안 돼!〉

순간 루인은 말로 표현할 수 없는 뜨거운 기운이 뇌 속을
헤집고 다니는 느낌이 들었다.

본능적으로 느낄 수 있었다.

사흘의 사념이 각성(覺性)을 시작했다는 것을.

그렇게 루인이 한참을 기다렸을 때.

사흘의 사념은 전과 확연하게 다른 분위기로 탈바꿈되어 있었다.

〈나의 아이야. 앞으로 너와 할 이야기가 참으로 많겠구나.〉

대마도사에게 아이라니.

루인이 비로소 환하게 미소 지었다.

긴 설명은 필요하지 않았다.

사흘의 사념은 루인의 기억을 통해 스스로 필요한 정보를 수집할 수 있었으니까.

하지만 정보의 총량이 너무 방대한 나머지 소화하는 데는 제법 시간이 많이 걸렸다.

한 인간의 생애라고는 도저히 믿기 힘든 시간들.

한데 이 과정이 샤이로벨에게는 너무나 큰 충격이었다.

……

루인의 정신과 동화되어 강림체의 강신(降神)까지 가능한 자신조차도 루인의 기억을 직접 살피는 것은 불가능했다.

한데 영혼의 파편에 불과한 사흘의 사념이 가능하다는 것.

그 말은 영혼의 등급, 즉 영격(靈格)이 자신보다 사흘이 월등하게 높다는 뜻이었다.

도저히 인정할 수 없었다.

수만 년 마신의 도정으로 닦은 영격이 필멸자에게조차 밀린다는 것이 말이나 되는 일인가?

루인도 그렇고 사흘도 그렇고 이 빌어먹을 베른(Baron)들은 도무지 상식적인 맛이 없었다.

〈음…… 여기까지인가.〉

루인의 기억을 모두 훑어본 사흘의 사념은 꽤 오랫동안 말이 없었다.

인간의 경지를 초월한 드래곤 라이더이자 르마넬의 건국에 핵심적인 역할을 했던 영웅 사흘.

그런 그조차도 루인의 처절한 지난 생, 그 지옥 같은 사연에 비한다면 평범한 삶 정도로 치부되는 것만 같았다.

더 놀라운 것은 차원 거품에서 수만 년을 버틴, 도저히 해석이 불가능한 루인의 정신력이었다.

마신 쟈이로벨의 마지막 시공 초월 마법은 루인을 위한 일이었지만 스스로의 선택이었다.

마신 같은 초월적인 정신력을 지닌 존재조차, 희미해져만
가는 자아(自我)를 견디다 못해 극단적인 선택을 했던 것.

하물며 인간의 정신으로 그 긴 시간을 견뎌 냈다는 것이 믿
기지가 않았다.

초인을 넘어 초월자의 반열을 이룩했던 사홀이지만 그런
수만 년의 인고(忍苦)란 도저히 자신이 없었다.

루인.

깎이고 풍화되어 더 이상 닳을 수 없는 석상처럼 앙상한 표
정.

아득한 시간선의 후손이었으나 저 무심한 얼굴을 바라보
고 있자니 말로는 설명할 수 없는 기분이 들었다.

사람이 저토록 바래질 수 있다니.

이제는 녀석이 견뎌 온 슬픔과 치열함을 모두 알기에 더욱
가슴이 아렸다.

〈말할 수 없는 심정으로 위로하마. 소중한 나의 자손, 베
른의 후예여. 이것밖에는 달리 할 말이 없구나.〉

선조의 짧은 위로였지만 루인은 마치 오래도록 막혀 있던
둑이 터져 나온 것처럼 감정을 주체할 수 없었다.

음울한 눈에서 바보 같은 눈물이 흘러내렸으나 루인은 머

157

리칼을 흩트려 금방 슬픔을 지워 냈다.

-네놈! 나를 기억하느냐?

사홀은 루인의 기억을 통해 샤이로벨이 자신의 후손들에게 했던 짓을 모두 알게 되었다.

그러나 기이할 정도로 분노가 일어나지 않았다.

인간이던 시절이었다면 광포하게 그를 힐난했을지도 몰랐다.

하지만 언제 사그라질지 모르는 사념에 불과한 자신.

그럴 힘이 남아 있다면 차라리 루인에게 보다 많은 것을 전해 주고 싶었다.

〈아직도 날 탓하는가. 드비아느의 육체와 정신을 점령하고 생명력을 갈취했던 것은 너다. 금기된 섭리를 깬 것도 너이며, 세계의 경고를 무시한 것도 너다.〉

-흥! 그래서 내 혼주(魂珠)를 깬 것이냐? 네놈이 무슨 짓을 한 건지 제대로 알고 있기는 한 거냐? 덕분에 내 영혼은 수천 년간 마계로 돌아갈 수 없게 되었다! 지금 이 시간에도 내 영토는 좁아지고 있다! 감히 인간 주제에……!

〈잠깐! 그게 무슨 말인가? 혼주라니?〉

-나의 강림체! 머리를 부수지 않았느냐!

사흘은 멍해졌다.

놈의 머리를 부순 것이 그런 엄청난 결과로 이어질 것이라고는 상상조차 해 보지 않았다.

결국은 지난 천 년간 후손들의 생명력을 갈취해 온 쟈이로벨의 행위가 모두 자신 때문에 일어난 필연이었다는 것.

마계로 돌아갈 방법이 사라진 쟈이로벨이 할 수 있는 거라곤 오직 증오밖에 없을 터였다.

어쩐지 루인의 기억 속에서 보았던 쟈이로벨의 강림체가 인간처럼 작더라니.

원래 쟈이로벨의 강림체는 트롤보다도 거대했다.

본래의 수준으로 회복하려면 아직도 수천 년을 기다려야 하는 것이다.

〈이런…….〉

억울했다.

아무리 한계가 있을 수밖에 없는 강림체라 할지라도, 설마하니 마신쯤 되는 존재가 일격에 머리가 깨질 것이라곤 생각지도 않았었다.

〈사실 너무 약하지 않았는가? 탐색하기 위한 가벼운 일
격이었다. 그런 가벼운 공격에 곧바로 머리가 터지리라고
는…….〉

-크아아아악! 닥쳐라 인간! 그건 모두 네놈의 용(龍) 때문이
었다! 그 빌어먹을 도마뱀 새끼가 절대용언으로 내 진마력을
흩트려 놓지만 않았다면 네놈 따위의 공격이 통할 성싶으냐?

절대용언(絶對龍言).
최강의 드래곤 종족, 그중에서도 지고룡(地古龍)의 직계
후손만 쓸 수 있는 절대적인 권능.
무한의 주문 그 자체라 할 수 있는 절대용언이었다.
본체였다면 말이 달라지겠지만 강림체로는 결코 대적할
수 없는 강력한 권능.

〈비세리스마의 도움이 컸던 건 사실이지만 내 힘으로도
결국은…….〉

-시끄럽다!

안타깝지만 그것은 사실이었다.

사흘은 인간의 역사에 매우 희귀하게 나타나는 초월자였다.

어떤 특수한 계기로 태초신의 의지와 권능을 이어받은 초월자들은 인간이라는 종의 한계를 극복한 자들이었다.

〈그래서 뭐 어쩌라는 건가.〉

뻔뻔한 놈!

쟈이로벨은 치를 떨었다.

이미 휘하의 몇몇 마왕들이 진지를 비우고 므드라에게 투항해 버렸다.

이대로라면 아예 자신의 세력권 자체가 사라질지도 몰랐다.

모든 마군들과 영토를 잃은 상태에서 할 수 있는 일이라곤 그리 많지 않았다.

어쩌면 마신의 지위를 잃고 다시 평범한 마장으로 살아가야 할지도 모른다.

하지만 감정을 표출하는 것 외에는 별다른 뾰족한 수가 없었기에 쟈이로벨은 궁금증이나 채울 요량이었다.

-네놈! 혹시 태초신의 목소리를 들었느냐?

오랜 시간 인간계를 탐험해 온 쟈이로벨이었지만 초월자
에게 직접적으로 물어보는 것은 처음.

과연 짐작대로 초월자들이 태초신의 의지에 화답한 존재
들인지 확인하고 싶었던 것이다.

〈그건 말해 줄 수 없네.〉

-흥!

비밀스럽게 굴었지만 역시 짐작대로다.

이제 보니 이 사홀이라는 인간은 꽤 순진한 구석이 있지 않
은가?

"그만. 그쯤 해라."

루인의 제지에 쟈이로벨은 영언은 더 이상 이어지지 않았
다.

그 빌어먹을 궤짝을 가져온 이상, 쟈이로벨은 함부로 루인
을 자극하고 싶진 않았다.

이번에는 루인의 궁금증이 이어졌다.

"제 기억을 살펴보셨다면 악제(惡帝)의 위력을 느끼셨을
겁니다. 전성기의 선조님께서 상대하실 수 있겠습니까?"

〈음…….〉

사흘의 고민이 길게 이어졌다.

비세리스마의 절대용언과 자신의 검이 어우러진다면 산과 바다조차 가를 수 있었다.

그러나 세상의 모든 악의로 가득 찬 악제의 권능이 어떤 위력을 발휘했는지 루인의 기억을 통해 모두 보았다.

그래서 쉽게 단언할 수가 없었다.

"선뜻 대답하기 힘들다는 뜻이군요."

루인은 사흘이 고민하는 것만으로도 희망적이었다.

고민이 길다는 건 그만큼 박빙의 승부를 예상한다는 뜻.

〈쉽게 지진 않겠지만 역시 힘들겠구나. 나는 세계의 존재들을 모두 죽일 수 없다.〉

루인이 되물었다.

"마음의 문제란 말입니까?"

〈아니다. 현실적인 능력이 그에 미치지 않는다. 하위의 존재들이라면 어떻게든 상대해 보겠지만 최상위는 차원이 다르다. 더구나 난 어머니의 의지에 반할 수 없을 것이다.〉

잠시 침묵하는 루인.

이어 그가 터뜨린 질문은 오랫동안 지녀 왔던 의문이자

자기 확신에 관한 문제였다.

"인간의 마도(魔道)로 그를 상대하는 것이 과연 가능한 것입니까?"

〈하하하…….〉

사흘은 루인이 왜 이런 질문을 하는지 모르지 않았다.

자신의 힘, 미래를 확신할 수 없다는 건 어떤 이에게도 지옥일 터.

특히 루인처럼 상상할 수도 없는 사연을 걸어온 자라면 그 고통이 훨씬 더할 것이다.

〈이미 나보다도 네가 더 잘 알고 있다.〉

"……."

〈지난 생, 너 역시 초인 너머의 경지, 초월의 세계에 발을 들이지 않았더냐. 그런 존재가 느끼지 못했을 리가 없다.〉

루인이 고개를 끄덕였다.

드높은 세계, 절대적인 권능의 영역에서 바라본 세상.

모든 경계가 희미해진 상태에서 느낄 수 있는, 그러나 한

없이 아득하기만 한 하나의 완벽한 경지.

도저히 닿을 수 없는 곳에 존재하는 그것이, 어떤 실체를 지니고 있는지는 알지 못했다.

하지만 그곳에 마법(魔法)은 없었다.

당연히 무(武)도 없었다.

모든 것들의 초현실.

그 길을 다시 걸으려면 얼마나 많은 노력과 시간이 필요할지 감을 잡을 수가 없었다.

"도와주십시오."

지극히 건조한 말투.

그러나 오랜 갈망을 담은 루인의 감정을 사흘은 고스란히 느끼고 있었다.

〈내게 남은 시간이 별로 없구나.〉

영혼의 파편 사념.

언제든지 재가 되어 부서질 수 있는 미약한 의지.

"……그렇겠지요."

루인도 그런 사정을 모르지 않았다.

어린아이처럼 변한 것도 오랜 세월에 의해 사념의 존재력이 약해졌기 때문.

그런 미약한 상태에서 각성까지 했으니, 지금 사흘의 사념은 마지막에 환하게 타오르는 불꽃 같은 상태였다.

금방 루인의 눈빛이 슬픈 감정으로 물들었다.

인간이 스스로 영혼을 쪼개면 영혼의 안식은커녕 환생조
차 할 수 없는 무(無)의 존재가 된다.

그 말인즉, 사홀에게 반드시 사념을 남겨야만 했던 사정이
있을 거라는 뜻.

그러므로 유추할 수 있는 것은 사홀의 인생, 그 마지막에
반드시 좋지 않은 일들이 일어났을 거라는 점이었다.

〈머나먼 후손이여. 베른의 선조로서 나의 보잘것없는 심
득을 후손에게 전하는 것은 당연한 일이다. 허나…….〉

이제 사홀은 모두 기억해 냈다.

자신이 이런 최악의 선택을 한 이유를, 세상에 사념을 남겨
무엇을 전하고자 했는지를.

〈그전에 먼저 나의 염원이 있느니. 들어줄 수 있겠느냐?
아니 꼭 들어 다오.〉

루인이 진중하게 고개를 끄덕인다.

분명 이 선조에게도 자신 못지않은 사정이 있을 것이다.

〈 렌시아를 멸(滅)해 다오. 〉

　루인의 동공이 급격하게 확장되었다.

　선조의 짧은 한마디였으나 말할 수 없이 처참한 그의 심정
이 고스란히 느껴졌다.

　하이렌시아가.

　르마델 왕국을 실질적으로 운영하는, 절대적인 영향력을
행사하고 있는 가문.

　"대체 무슨 일이 있었던 것입니까?"

　〈 네칸 렌시아…… 그자가 나의 비셰리스마를 죽이고 날
봉인하였다. 소(So), 그 녀석도 아마도 그의 손에 죽었을 테
지. 〉

　믿을 수 없었다.

　건국왕과 사흘은 전설 속의 초월자.

　하물며 드래곤 라이더인 그들을 동시에 상대할 수 있는 인
간이 존재할 수 있단 말인가?

　더욱이 그것이 가능했다고 해도 건국왕이 죽었다면 지금
의 르마델 왕국과 왕실을 설명할 수 없지 않은가?

　〈 어쩌면 르마델의 왕실은 천 년 전부터 렌시아의 꼭두각시

167

였을지도 모른단다. 〉

　그것은 루인의 기억을 모두 살펴본 사흘의 확신이었다.
　"아니 선조님. 도저히 이해가 되지 않습니다. 개국 초창기
렌시아가의 위세는 남작가 수준이었습니다. 그런데 어떻게
초월자 둘을……."

　이어진 사흘의 대답에 루인은 충격적으로 굳어졌다.

　〈 렌시아가의 초대 가주 네칸은 타이탄족이란다. 〉

　렌시아가의 초대 가주가 신의 자손이라 일컬어지는 전설
의 타이탄족이라니.
　그런데 타이탄족이라면 최초의 마법사 테아마라스에 의
해…….
　루인의 눈이 금방 이채를 발했다.
　"타이탄족은 멸망한 것이 아니었습니까?"

　〈 극소수이지만 살아남은 타이탄들이 있단다. 〉

　쉽게 받아들일 수 없는 일이었다.
　사흘의 말대로라면 타이탄족이 인간 세상에 숨어들어 암

약하고 있다는 뜻.

인류 연합의 총지휘자였던 검성의 곁에서 무수한 정보를 접해 온 자신이었다.

하지만 멸망이 가까워질 때까지 타이탄족의 흔적이라곤 접해 본 적이 없었다.

'이상하군…….'

악제는 자신의 군단을 제외한, 살아 있는 모든 생명체를 말살 대상으로 규정했다.

타이탄족에게 정말로 건국왕과 사흘을 제거할 정도의 역량이 있었다면 반드시 그런 악제의 군단과 충돌했을 것이다.

루인의 의문이 이어졌다.

"왜입니까? 살아남은 타이탄들이 극소수라면 인간의 눈에 띄어서 좋은 일이 없을 테죠. 한데 굳이 그런 위험한 짓을……?"

〈날 죽여서 확실하게 비밀을 지켰지.〉

"예?"

〈내 생애에 그토록 처절한 함정은 경험한 바가 없느니. 수십 년은 족히 준비한 것만 같은 완벽한 암살 작전이었다.〉

"후환 따위를 아예 생각지도 않은 거군요."

하지만 자신의 선조 사홀은 초월자다.

그것도 스스로 영혼을 쪼개어 자신의 사념을 천 년 이상 지속시킬 수 있는 역량을 지닌.

하물며 최강의 생명체 드래곤까지 함께 상대해야 했다.

아무리 신의 후손이라는 타이탄족이라지만 그런 초월자를 상대하려면 막대한 자원을 갈아 넣었을 터.

아무런 목적도 없이 그런 위험 부담을 질 이유가 없는 것이다.

루인의 머릿속에서 무수한 정보들이 추론과 가정을 반복하며 체계화되기 시작했다.

의외로 결론은 금방 도출되었다.

역사 속에서 드래곤과 친밀한 관계를 형성했던 인간은 꽤 있었다.

그러나 드래곤과 함께 삶을 영위하는 운명 공동체, 즉 드래곤 라이더는 인류의 역사에 건국왕과 사홀이 유일했다.

다른 왕국들이 르마델 왕국을 '드래곤의 왕국'이라 칭하는 이유도 바로 그 때문.

건국왕의 청룡 베스키아.

사홀의 백룡 비셰리스마.

타이탄족, 아니 렌시아가는 분명 이 드래곤들을 노렸을 것이다.

"비셰리스마를 죽였다면 드래곤의 사체(死體), 혹은 드래곤 하트를 노렸군요. 어디에 필요했던 겁니까?"

〈과연…… 영특하구나. 나는 그들의 영속성(永續性)과 관계가 있을 것이라 짐작하고 있다.〉

종(種)의 영속성, 즉 번식을 유지하기 위해서 드래곤이 필요했을 거라는 뜻.

하지만 루인은 뭔가 다른 것이 더 있을 거라는 예감이 들었다.

오랜 세월을 통해 벼려진 감(感)이, 찌르르한 불길한 감각을 피워 내고 있었다.

"그들이 이종 번식을 할 수 없다는 뜻입니까?"

〈내가 아는 타이탄은 네칸 렌시아뿐이란다. 놈들이 여럿이었다면 날 상대하기 위해 그런 큰 희생을 감수하진 않았겠지.〉

사홀의 말은 그들이 인간과 이종 번식을 할 수 없다는 뜻.

하기야 이종 번식이 가능했다면 진즉에 무수한 타이탄들을 양산하여 세계를 지배했을 터.

한참 동안 고민하던 루인이 무겁게 고개를 끄덕였다.

"단순히 한 가문의 멸망을 바라는 것은 아니시겠죠. 드래곤들을 보호하고 싶으신 겁니까?"

사흘의 말대로 그들이 종족을 유지하기 위해 드래곤의 희생을 강요했다면, 그런 일은 앞으로도 계속 일어날 수 있는 일이라는 뜻.

아니 어쩌면 타이탄 용살자들이 지금까지 수많은 드래곤들을 해치워 왔을지도 모르는 일이었다.

〈그들은 세계의 균형을 무너뜨리는 존재들. 하지만 어머니는 신과 닿아 있는 타이탄족을 함부로 제약하실 수 없으시지.〉

〈태초의 마법사 테아마라스가 타이탄족을 절멸시킨 것은 다 그만한 이유가 있었느니. 나는 베른(Baron)이 그의 길에 동참했으면 한단다.〉

루인의 두 눈이 다시 투명하게 변해 갔다.

최소 과거의 경지를 이룩하고 양지로 나가 가문의 힘까지 동원할 수 있다면 불가능하진 않을 것이다.

그러나 지금 자신의 능력으로는 렌시아가라는 막강한 가문을 도저히 감당할 수 없었다.

그런 아득한 심경을 느꼈는지, 사흘이 루인의 영혼을 따뜻하게 감싸 안았다.

〈허허…….〉

순간 루인이 움찔했다.

말로 설명할 수 없는 무한한 지식들이 갑작스럽게 머릿속으로 파고들었기 때문이다.

그것은 초대 사자왕 사흘의 모든 심득이었다.

사흘의 우주.

한 무인의 무한한 세계.

찬란한 심상, 그 아득하고 너른 깨달음에 루인은 한없이 작아지는 기분으로 굳어 버렸다.

'이럴 수가…….'

이것이 정녕 한 인간의 힘이란 말인가?

지금 사흘이 심상으로 보여 주고 있는 경지는 대마도사의 자의식으로도 도저히 해석할 수 없는 무한함이었다.

한 무인의 검으로 이런 경지를 개척할 수 있다는 것이 도무지 믿어지지 않았다.

불세출의 초인이었던 검성이 이런 경지를 접했다면 과연 어떤 기분이었을까?

그런 감상도 잠시, 사흘의 사념이 눈에 띄게 약해지자 쟈이로벨의 영언이 거친 비명을 토해 냈다.

-네놈! 더 이상 영혼력을 소비했다가는 네 존재가……!

〈……이미 각오했다네. 마족.〉

사흘은 멈추지 않았다.

그는 그야말로 모든 것을 불살라 자신이 깨달은 심득을 루인에게 전하고 있었다.

루인이 혼미해져 가는 정신을 악착스럽게 버티며 입술을 깨물었다.

"저는 검사가 아닙니다! 대체 왜 제게 이런…… 크윽!"

〈검사였다면 오히려 전하지 않았을 터.〉

〈이번 생에는 부디 뜻한 바를 모두 이루길 기원…….〉

순간 거센 폭풍처럼 몰아치던 심상이 씻은 듯이 사라졌다.

루인의 영혼을 울려 오던 사념의 파동은 더 이상 존재하지 않았다.

바라 온 일이었으나 정말로 사흘의 사념이 사라지는 순간이 오니 루인은 말로 표현하지 못할 복잡한 심정이었다.

쟈이로벨 역시 사흘이 이토록 어이없게 소멸을 택할 줄은 생각지도 못했다.

-뭐냐? 정말 사라진 거냐……?

즉각적으로 루인은 열상처럼 기억에 새겨진 사흘의 심득
을 헤아리려 노력했다.

천 년을 지내 온 사흘의 선택.

초대 사자왕이 남긴 심득을 온전히 계승하는 것은 베른의
의무였다.

제법 오랜 시간이 흐르고.

천천히 눈을 뜨고 있는 루인의 표정은 복잡하기 짝이 없었
다.

뼛속까지 마도(魔道)로 점철된 자신의 의식으로는 아무것
도 헤아린 것이 없었다.

그저 간헐적인 심상만 남아 있다.

떠오를 듯 말 듯, 모든 것이 모호한 감각들.

그것은 말로 표현할 수도, 마음으로 받아들일 수도 없었
다.

마치 한바탕 꿈속을 헤집고 나온 것만 같은 기분.

검도 익히지 않은 자신에게 왜 이런 심득을 전한 것인지 아
무리 생각해도 이유를 찾을 수 없었다.

이건 애초부터 길이 달랐다.

-바보 같은…… 이래서 인간들이 멍청하다는 것이다.

마치 탄식처럼 울려 오는 쟈이로벨의 영언에 루인은 피식

웃음을 머금었다.

루인이 쟈이로벨을 용서한 것은 바로 그의 이런 점 때문이었다.

놈이 인간을 싫어하고 저주하는 건 변함이 없었다.

하나 그것은 일종의 외면이었다.

쟈이로벨이 그저 인간을 생명력을 갈취하기 위한 대상으로만 생각하는 이유.

인간은 언제고 죽어 갈 존재.

필멸자이기에 인연을 맺는 것이 의미가 없다고 생각하기 때문이었다.

-어떠냐? 초월자가 남긴 심득을 먹어 치운 소감이?

"모르겠다. 헤아린 것도 짐작할 만한 단서도 없다. 시간이 지난다 해도 내 것으로 만들 수 있다는 확신이 생기지 않아."

-좀 더 자세히 표현해 봐라.

"머릿속에 떠오르는 건 많은데 기이하게도 장면을 구성할 순 없다. 떠오른 감각도 죄다 순간순간이고 파편적이야. 감각을 나열하거나 연속성을 띠게 만들 수가 없다."

-뭔지 알 것도 같군.

그런 쟈이로벨의 반응에 루인의 두 눈이 가득 호기심을 담았다.

"어째서지?"

-헤아릴 수 없는 것이 당연하다. 네놈의 의식이 그의 이치에 미치지 못하는 것이다.

루인은 자존심이 상했다.

경지의 차이는 있겠지만 자신 역시 엄연히 초월자의 반열에 진입했던 대마도사.

-크흐흐흐! 아득한 초월자의 홀황(恍惚)을 만끽했다면 잠시나마 그 위력을 살필 수 있었을 테지. 어떠냐? 네놈의 전생과 비교했을 때?

그대로 굳어지는 루인.

사흘이 보여 준 심상의 세계.

그 세계는 한마디의 단어로 정의할 수 있었다.

'무한.'

그의 검은 진실로 무한했다.

177

순간이나마 악제가 우스워졌을 만큼.

자신이 본 악제가 놈의 전부라면 결코 사흘과의 승부를 장담할 수 없을 것이다.

그러므로 자신과의 비교는 무의미했다.

-표정을 보니 알 만하구나. 그러나 실망은 이르다. 아무런 이유도 없이 네놈에게 자신의 모든 것을 남겼겠느냐. 네놈의 기억을 모두 살핀 놈이다. 분명 뭔가를 느꼈겠지.

위로가 되진 않았다.

하긴 백마법도 아직 헤아리지 못하는 판국에 무슨 초월자의 힘이라니.

쟈이로벨의 말대로 잊지 않고 소중히 간직한다면 언제고 길을 열어 줄 것이다.

할 수 있는 것부터 차근차근 해야 했다.

문득 루인이 미처 정리하지 못한 마도서를 응시했다.

〈헤이로도스기(紀) - 백마법총론〉

최근 들어 가장 자신을 어지럽게 만드는 마도서.

헤이로도스는 테아마라스의 백마법을 완벽히 계승한 것을 넘어 새로운 관점으로 재해석한 마법사였다.

하지만 그는 학문적인 업적에 비해 마법의 경지가 낮았다. 그래서 죽는 날까지 대마도사의 평가를 받지 못한 불운한 인물이었다.

후일 재평가되어 그의 시대를 따로 연대(紀)로 분리할 만큼, 지금에 이르러서 그의 위상은 대단했다.

-또 그 책에 미련이 생긴 것이냐? 그만 포기해라.

루인은 헤이로도스가 주창한 이론들을 단 하나도 심상으로 구현해 낼 수 없었다.

"……."

옛 마법사들이 따로 연대로 구분하여 그가 생존했던 마법의 시대를 칭송했다는 것.

그 말은 헤이로도스의 이론이 무수한 검증을 통해 학술로 증명되었다는 뜻이었다.

한데 어째서 백마법의 기초를 착실하게 닦아 온 자신이 심상조차 맺지 못하는 걸까?

어느 정도는 심상이 맺혀야 마력회로를 구성할 수 있고 술식의 기초 발현 과정을 이해할 수 있었다.

더욱이 고위 술식을 펼친 것도 아니었다.

루인이 심상으로 맺고자 한 마법은 그의 마법총론 가장 첫 장에 존재하는 '구유(九幽)의 불'이었다.

-잠깐? 이건?

　루인이 워낙 많은 마도서들을 섭렵하고 있었기에, 처음에
는 흥미를 보였던 쟈이로벨도 최근 들어서는 함께 읽지 않았
었다.
　한데 헤이로도스의 마도서를 루인의 시야로 자세히 바라
보고 있자니 묘한 감흥이 피어오른 것이다.
　독특한 술식 구현, 마력 발현 과정, 회로의 운용 방식이 어
딘가 모르게 낯설지가 않았다.

-이, 이럴 수가······!

　호기심에 루인이 물었다.
　"왜? 뭐가 이상하지?"
　억겁과도 같은 시간.
　쟈이로벨은 그 오래된 의문을 드디어 오늘로써 모두 풀었
다.

-하하하하하하!

　쟈이로벨의 웃음소리가 마치 절규처럼 들려온다.

-어쩐지 놈의 마법이 인간처럼 교활하더라니 인간계에서 이런 짓을 하고 있었구나!

"도대체 무슨 말을 하고 있는 거냐?"

쟈이로벨의 웃음이 흩날렸다.

-크흐흐흐흐! 이건 므드라의 마법이다.

"……므드라의 마법?"

대마신 므드라.

그는 마계의 여덟 절대자, 팔대마신 중에서도 최상위권의 마신이었다.

최초의 마계대전 '전율의 시대'부터 존재해 온 그는 마족들에게 있어서 살아 있는 화석이나 다름없는 존재.

한데 헤이로도스의 마법이, 그런 마계의 정점에 서 있는 존재의 흑마법이라니?

마나의 발현 방식부터 수렴에 다가가는 과정, 전이 단계별 회로 구성, 마력을 맺고 강화하는 체계 자체가 명백한 백마법이었다.

특히 테아마라스가 남긴 대표적인 이론 업적 '대칭의 불변성'과 '통제 역설'의 흔적이 곳곳에 그득했다.

진마력이 아닌, 철저하게 인간계의 마나를 해석해 낸 마법이 너무나도 명확하다.

"아무리 생각해도 말이 안 되는데? 이건 누가 봐도 백마법이잖아?"

 -그렇게 보이는 것도 당연하지. 하지만 잘 봐라. 과연 그게 전부인지.

백마법을 한마디로 표현하자면 '지혜'다.

반면에 흑마법은 '정신'.

분명 헤이로도스의 마법에는 압도적인 정신 체계로 마력을 통째로 녹여 내는 느낌 자체가 없었다.

 -이건 그저 놈의 마법을 인간의 백마법에 맞게 풀어놓은 것이다. 저기서 이론 체계나 술식의 속성 따위는 모두 덜어 내고 마력의 흐름 자체만 분석해 봐라.

"뭐?"

다시 마도서를 살펴본다.

루인은 쟈이로벨의 말대로 이론과 속성을 모두 배제하고 순수한 마나의 흐름만 좇았다.

이내 루인의 동공이 급속도로 확장되었다.

"확산열화계(擴散熱火計) 혹마법……?"

-그래. 이건 놈의 작열 마법 '키오데라'다. 백마법의 이론에
맞게 변형된.

샤이로벨은 그저 변형된 마법이라 애써 폄하하고 있었지
만 루인은 알고 있었다.

헤이로도스의 '구유의 불'은 그보다 더욱 발전된 형태의 마
법이라는 것을.

백마법과 융화되어 더욱 위력이 증폭된, 그야말로 놀라운
재해석을 보여 주고 있는 마법이었다.

루인의 표정이 급변했다.

이 헤이로도스의 마도서는 자신이 그토록 바라 왔던 단
서.

혹마법과 백마법의 융합.

하지만 샤이로벨의 천적, 대마신 므드라가 남긴 유산이 실
마리가 될 줄은 생각지도 못했다.

늘 어그러지기만 했던 심상이 드디어 맺히기 시작한다.

화르르르르—

구유의 불, 지독히도 푸른 겁화가 심상의 세계에서 피어났
다.

비록 심상으로 맺은 열기였으나 그 아득한 열기에 온몸이

불에 그을리는 듯한 착각이 일어날 정도.

금방 루인의 표정이 묘하게 변했다.

"이런 마법을 인간이 펼칠 수 있다고?"

구유의 불은 흑마법에 대한 이해 없이 결코 접근이 불가능했다.

이런 헤이로도스의 마법이 무수한 학파의 검증을 통과하고 하나의 이론으로 인정을 받았다는 것.

그건 백마법사들이 이 마법을 이해했다는 뜻이었고 이는 루인의 입장에서는 받아들이기 힘든 이야기였다.

-인간들 중에 마신의 흑마법을 연구한 마법사가 더 있다는 뜻이지. 아무래도 이 쟈이로벨이 인간들을 너무 얕봤던 것 같군.

루인은 대마신 므드라의 마법 체계를 이해한 인간이 존재할 수 있다는 것이 너무나 놀라웠다.

'하긴 나도…….'

쟈이로벨의 계약자.

므드라 역시 인간과 계약하지 못할 이유는 없었다.

텁-

아쉽지만 시간이 너무 늦었다.

더 이상 마도서에 빠져들었다간 애써 지켜 온 루틴이 깨질 위험이 있었다.

루인이 지혜의 라이브러리를 빠져나와 기숙사로 향했다.

Chapter. 19

운동장을 멍하니 바라보던 아드레나가 도저히 믿지 못하겠다는 듯 연신 시계탑을 확인하고 있었다.

"에……?"

야광빛으로 발광하고 있는 시계탑의 시침은 분명한 새벽 4시를 가리켰다. 한데도 눈을 씻고 찾아봐도 루인 녀석이 보이지 않았다.

"아앗! 그 녀석이 없어! 없다구!"

한데 이 일이 왜 이렇게 즐거운 걸까?

철저하게 시간을 관리하던 녀석이 무너지는 모습을 보게 되니 묘한 쾌감이 온몸을 번져 온다.

"흐흐흐! 녀석도 사람이었어!"

오래도록 루인을 관찰한 자신만이 간직할 수 있는 소중한
쾌감.

아아! 늦잠을 잤을까?

아니면 어디 몸이라도 안 좋은 걸까?

뭐든 상관없다. 녀석도 어쩔 수 없는 사람이라는 것을 확
인했다. 이제는 자신의 앞에서 절대로 거만하게 굴 수 없을
것이다.

마치 약점을 잡은 것만 같은 기분!

그렇게 시간이 흘러 아침 8시가 될 때까지도 루인은 나타
나지 않았다.

아침 패종이 울리고 오전 수업이 얼마 남지 않았을 때 비로
소 루인이 교실에 나타났다.

루인을 발견한 아드레나가 득의의 미소를 흩날리며 그의
곁으로 다가갔다.

툭-

루인의 어깨를 치면서 여전히 묘하게 웃고 있는 아드레
나.

"에, 무슨 늦잠이라도 잤나아? 아니면 어디 아프기라도 한
걸까아? 이상하네. 그럴 사람이 아닌데에?"

루인이 초승달처럼 휘어진 아드레나의 눈을 억지로 외면
했다.

"왜 부끄러워 하는 걸까아? 이해 못 하는 일도 아닌데에? 아아, 사람이라면 하루쯤은 늘어져도……."

루인이 조금씩 동요하기 시작했다.

"그 입—"

뭐라 말하려다 그냥 입을 다물고 마는 루인.

갑작스럽게 각성한 사홀과의 대화 때문에 시간이 많이 지체됐다.

거기에 '헤이로도스기 - 백마법총론'의 재해석 때문에 지혜의 라이브러리를 빠져나왔을 때는 이미 새벽 3시가 넘은 상태.

원래의 루틴을 지키려고도 해 봤지만, 한 시간도 숙면하지 못한 컨디션으로는 아예 하루 전체를 망칠 위험이 있었다.

그래서 이를 악물고 아침 달리기를 건너뛰게 된 것.

"내 입? 내 입에 뭐라도 묻었나아? 한껏 늘어지고 나니 막 그 욕구를 제어하지 못하게 되셨을까아? 갑자기 내 입술이 막 탐스럽게 느껴—"

루인은 이 여자가 무엇에 가장 약한지를 잘 알고 있었다.

"100리랑. 정산은 나중에."

"접수."

입을 억지로 다물었지만 여전히 눈으로는 웃고 있는 아드레나.

-어차피 누구보다 시간의 효율성을 따지는 네놈이 아니냐?
마법도 중요하지만 필멸자인 인간에겐 번식 행위도 중요하
다고 보는데.

-인간이라면 역시 명확한 번식의 기준은 엉덩이겠지? 저
빨간 머리 암컷 정도면 충분해 보인다만. 이왕 이렇게 된 거,
네놈의 생각은 어떠냐?

아, 정말 놈에게도 육체가 있다면 주둥아리를 찢어 버리고
싶다.

하긴, 뱃속의 알이나 토하던 놈에게 뭘 바라겠다고.

미개한 자웅동체로 살아온 마족이 인간의 고결한 사랑을
이해할 턱이 없다.

루인이 이를 깨물었다.

'그렇게 궤짝이 열리는 꼴을 보고 싶어 하니 어쩔 수가 없
군. 오늘 저녁……'

-미안하다.

마계의 절대자 마신이라고는 믿을 수 없는 속도의 현실 타
협.

루인이 한숨을 쉬며 책상에 앉았을 때 시론이 다가와 그의
옆자리에 앉았다.

"여어. 좋은 아침."

이어 시론이 가방에서 널찍한 나무판자를 꺼내더니 루인의 책상 좌측에 고정시켰다.

"……무슨 짓이지?"

자세를 낮추며 왼쪽을 흘끗거리는 시론.

"이미 학부장에게 남부의 학파를 따른다고 의심까지 받는 녀석들이다. 앞으로 저 여자들과는 시선조차 섞지 마라 루인."

"……."

아침부터 여러모로 피곤하기 짝이 없었다.

루틴만 어그러진 것이 아니라 이 빌어먹을 마법학부 생활 자체부터가 뜻대로 흘러가지 않는 느낌.

그렇게 루인이 인상을 찡그리며 시론을 쳐다보고 있을 때 게리엘도스 교수가 수업에 나타났다.

게리엘도스 교수 역시 등장하자마자 흔들림 없는 시선으로 자신을 바라본다.

머리를 세차게 흔들며 정신을 차리는 루인.

그렇게 루인은 다시는 눈에 띄는 행동을 하지 않으리라 마음속으로 수차례 다짐했다.

대마도사의 자의식이 바보 같은 마법 이론을 용납할 수 없어도.

혹여 무슨 말로 자존심을 긁어 오더라도 무조건 입을 다물

것이다.

·······

문득 진짜 소년처럼 행동하는 루인을 지켜보며 쟈이로벨은 묘한 심정이었다.

정말로 아카데미 생활을 하고 있는 학부생 같은 모습.

가문에서의 루인의 날카롭고 차가운 모습이 아직도 생생한 쟈이로벨로서는 무척이나 이질적으로 다가올 수밖에 없었다.

조금은 과거의 슬픔을 잊은 걸까.

아니면 생도들의 생기발랄함에 자신도 모르게 동화되고 있는 걸까.

교탁 위에 올라가 교편을 잡은 게리엘도스 교수가 흐뭇하게 웃고 있었다.

"좋은 아침이네 생도들. 오늘은 '마력의 궤도 관성'에 대해 강론하겠네."

동시에 생도들의 표정이 한 몸처럼 어두워졌다.

마법학부의 수업이 쉬울 리가 없겠지만, 그중에서도 '초급 마력 이론'의 수업 난이도란 그야말로 극상.

마력이라는 힘의 성질이란 워낙 복잡다단해서, 하나의 완벽한 이론과 법칙이 있다 해도 다른 모든 술식에 적용할 수 없다는 게 가장 큰 문제였다.

특히 마력이 갖는 다양한 관성 성질은 마나의 양과 순도, 시전자의 인지 능력과 마법 경지, 염동력의 수준, 정신 체계의 특성에 따라 수렴값이 천차만별이었다.

배운다고 당장 자신의 술식에 적용시킬 수 있는 것도 아닌데 왜 배워야 하는지 의문을 가지는 생도들도 많았다.

"표정들을 보아하니 전에 수업했던 '비관성 기준 좌표계'에 혼이 쏙 빠진 모양이군."

몇몇 생도들의 얼굴빛이 흙빛처럼 변했다.

이 엄청난 이론들을 모두 배우고 먼저 나아간 1등위 생도 선배들에게 무한한 존경심이 일어날 정도.

"하지만 어쩌겠는가? 마력의 성질을 이해하지 못한다면 회로를 구성하는 첫 단계부터 어그러지는 것을. 다행히 저번 수업보다는 흥미로울 것이니 그만 표정들을 풀게나."

그때, 게리엘도스 교수의 오른 손바닥에서 갑작스러운 돌개바람이 피어났다.

휘우우웅―

"알아보겠는가?"

간단해 보이지만 무등위 생도들 수준으로는 절대로 펼칠 수 없는 마법.

"이것이 마력의 궤도 관성을 활용한 대표적인 중급 마법 윈드 스크류(Wind screw)네."

생도들은 마치 살아 있는 바람처럼 휘돌고 있는 게리엘도스의 윈드 스크류를 멍하니 바라보고 있었다.

"마력이 평면 궤도에서 적당한 가속을 시작하면 어느 순간 자연스럽게 등속하지. 이것이 바로 마력의 궤도 관성. 문제는 이 '적당한 가속'을 가늠하는 기준이네."

윈드 스크류, 게리엘도스의 손바닥 안에 머물고 있는 돌풍이 점점 몸집을 불리고 있었다.

"사람마다 인식하는 관성 기준계는 모두 다르네. 운동 상태를 가늠하는 관찰자의 시선이 각기 다르기 때문이지. 이건 감각의 문제이면서 동시에 이론의 모순이라네."

"아아!"

"<u>오오오!</u>"

점차 빠져들기 시작하는 생도들.

"마력의 수축, 팽창을 통해 술식을 구현하는 염화계나 결빙계 마법의 경우, 잠시 마법이 흐트러져도 기회가 남아 있네."

문득 루인을 바라보는 게리엘도스.

"하지만 이렇게 마력의 궤도 관성을 완벽히 이해하지 못한 경우, 모든 궤도 등속이 각변위를 초과해 버린다네."

화아아아아아악!

"아앗!"

"악!"

활성화된 돌풍이 교실을 먹어 치울 것처럼 거대해지더니 이내 공기 중에 흩어져 버렸다.

게리엘도스 교수가 수인을 털어 내며 루인을 바라본다.

갑자기 책상에 시선을 내리까는 루인.

"그래서 풍절계 마법은 실수하면 다시는 쓸어 담을 수가 없네. 속성 마법 중에서도 풍절계 마법의 난이도가 가장 극악한 이유지."

게리엘도스 교수의 눈썹이 꿈틀거린다.

"하지만 그렇다고 관성 기준계를 마법사의 감각의 문제로 치부한다면 이 수업은 할 필요조차 없는 법. 이 모순을 어떻게 해결하면 좋겠나 루인 생도."

-저 교수란 놈은 네놈을 통해 무언갈 계속 배우고 싶은 모양이구나.

루인도 게리엘도스 교수의 그런 의도를 잘 알고 있었다.

분명 자신에게 질문하는 형태였으나 내심으로는 자신에게서 어떤 실마리를 잡고 싶어 한다는 것을.

지금의 이 질문은 그가 스스로 극복하지 못한 무엇임이 틀림없을 것이다.

루인은 그런 노골적인 교수의 의도에 더 어울리기는 싫었다.

무엇보다 이렇게 계속 눈에 띄었다간 학부 생활이 더욱 어그러질 것이 분명했고.

그렇게 루인이 계속 침묵하고 있을 때, 시론이 당당하게 먼저 손을 들었다.

게리엘도스 교수의 눈에서 잠시 실망하는 기색이 스쳤지만 이내 그가 고개를 끄덕였다.

"그럼 시론 생도가 한번 대답해 보게."

시론이 한층 더 깊어진 눈으로 게리엘도스 교수를 응시했다.

"지금까지 저는 학술적 이론과 마법사의 감각이 서로 충돌하는 경우, 이는 마법사가 스스로 판단해야 할 가치문제라고 배웠습니다."

생도들이 고개를 끄덕이자 다시 말을 이어 가는 시론.

"마법의 이론을 우선으로 삼을지, 혹은 감각을 더욱 다듬을지는 한 마법사의 고유 영역입니다. 한데 교수님께서는 이 문제를 어째서 '모순'이라 멸칭하시는지요?"

역시 게리엘도스 교수의 표정은 실망하는 기색.

사실 이 문제는 마법학부에서 교편을 들고 있는 교수라면 누구나 겪고 있는 중요한 화두였다.

이론으로 완벽히 설명할 수 없는 독특한 마법들을 죄다 감각의 영역이라 치부한다면 결국에 남는 판단은 하나뿐이었다.

천재적인 재능과 천부적인 감각을 타고났다는, 그런 비마법적인 설명밖에 남지 않는 것이다.

게리엘도스 교수는 마법의 확실한 규격화, 즉 일원화된 체계가 반드시 필요하다고 생각하는 사람이었다.

생도들 모두가 동등한 기회에서 출발하길 바라는 마음.

재능과 감각으로 치부하는 마법보단, 모든 생도에게 똑같은 체계로 다가가는 마법을 가르치고 싶은 것이었다.

"말해 보게. 세베론 생도."

조심스럽게 손을 들고 있던 세베론도 입을 열었다.

"저희 생도들의 능력은 모두 다릅니다. 오히려 동일한 능력을 지닌 생도가 있다면 그게 더 이상하겠죠."

"……."

"마냐의 양과 순도, 염동력 수준, 서클 경지…… 더구나 '마력에 대한 감각'은 수치화할 수 있는 것도 설명할 수 있는 것도 아닙니다. 그래서 고전 마력 역학에서도 이 부분을 선택의 문제로 두루뭉술하게 넘긴 거겠죠. 각국의 마탑에서조차 이런 판단을 꾸준히 유지해 왔습니다."

게리엘도스 교수가 두 눈을 빛냈다.

"그래서 하고 싶은 말이 뭔가."

세베론의 말투는 어느덧 차갑게 식어 있었다.

"교수님께서 질문하신 문제는 너무 거대한 담론입니다. 저희 생도 단계, 더욱이 무등위 생도들의 수업에서 다룰 수

있는 문제는 더더욱 아닌 것이죠. 마탑의 대회의(大會議),
혹은 학파들끼리의 대논쟁(大論爭)에서나 다룰 만한 화두입
니다."

"……."

"그런 거대한 담론을, 굳이 루인 생도에게 질문하신 이유
를 저는 잘 모르겠습니다."

게리엘도스 교수가 담담히 무등위 생도들을 바라보고 있
었다.

확실히 이 반은 독특했다.

현자의 손자 시론.

천재라 불려도 손색없는 세베론.

무심한 얼굴 속에 끝없는 열정을 불태우고 있는 리리아.

뭔가를 숨기고 있는 것이 분명한 의뭉스러운 슈리에까지.

이들에 가려졌을 뿐이지 제드와 프레나 역시 만만치 않은
자질의 생도들.

한 학년에 한 명도 나오기 힘든 자질의 생도들이 이 작은
교실에 득실득실 모여 있었다.

더욱이 그 중심에 존재하는 루인 라이언.

거대한 담론을 왜 한낱 무등위 생도인 루인에게 질문하는
거냐고?

저 뛰어난 천재들조차 녀석이 얼마나 엄청난 마법사인지
를 제대로 느끼지 못하고 있었다.

놈은 천재? 그딴 것이 아니다.

서클과 같은 마법의 경지 따위로는 도저히 설명할 수 없는.

왕국의 또 다른 현자인 헤데이안 학부장님조차 판단을 보류한.

그야말로 규격 외, 감히 측정할 수 없는 존재가 바로 루인이었다.

-네놈. 그렇게 관계의 방벽을 치는 것만이 능사는 아니다. 깨닫고 나아가는 것이 스스로 힘만으로 가능하다면 어디 이름 없는 동굴에서 수양하는 편이 훨씬 나은 터. 네놈도 그걸 잘 알기에 이런 아카데미에 온 것이 아니냐?

갑작스러운 쟈이로벨의 의견에 루인이 얼굴을 일그러뜨렸다.

'시끄럽다.'

-되도록 흔적을 남기고 싶지 않은 네 녀석의 심정도 이해는 한다만 어차피 네 귀족 신분을 모른다면 큰 상관은 없지 않느냐?

'내가 뛰어난 역량을 드러낼수록 악제(惡帝)와 렌시아가의

이목을 끌 수밖에 없다.'

-그게 어때서? 어떤 놈이 무슨 방식으로 접근해 올지 흥미롭지 않느냐? 접근해 오는 자들이 모두 악의를 지녔을 거라 단정 짓는 것도 우습고 말이지. 게다가 너는 전생의 정보를 통해 상대를 압도할 수 있지 않느냐?

루인은 한 번씩 이런 바보 같은 소리를 해 대는 쟈이로벨을 이해할 수 없었다.

마신씩이나 되는 놈이 매번 이 간단한 이치를 놓치고 있다니.

'적어도 초인 정도는 제압할 수 있어야 가능한 이야기다.'

당장은 이것이 자신의 명확한 기준점이었다.

가문으로 돌아갔을 때 아버지와의 결투를 다짐한 것도 바로 그 때문이었고.

'악의로 접근했을 때 제지할 방법이 없다면?'

-흐음······.

'목숨을 잃든, 상대를 놓치든 둘 중 하나다. 하나는 또다시 내 부활을 위해 네놈의 진마력이 타격을 입는다는 뜻이고, 하나는 내 정보가 왕국 전역에 드러난다는 뜻이다.'

쟈이로벨의 흑마법을 통해 부활할 수 있지만 언제나 그것
은 최악의 상황을 대비한 마지막 보루여야만 했다.

쟈이로벨의 진마력이 모두 소진된 상태에서 죽음을 맞이
한다면 모든 게 끝장이기 때문.

동료들의 죽음을 짊어지고 도착한 지금의 운명은 결코 자
신만의 것이 아니었다.

그래서 루인은 최대한 치밀하게 자신의 동선을 신경 쓰고
있었다.

-초인 정도만 상대할 수 있으면 된다는 거냐?

아직은 그것으로 충분했다.

초월자들, 즉 악제와 그의 군단장들이 세상에 나오는 것은
적어도 이십 년은 지난 후의 일이니까.

-이 쟈이로벨의 강림체로 상대해 주겠다. 비록 본체는 아
니지만 진마력만 온전한 상태라면 인간족 초인쯤은 충분히
상대할 수 있지.

'뭐……?'

쟈이로벨은 마계에서 구를 만큼 구른 마족이니만큼 자신
이 손해 보는 것을 극도로 꺼리는 존재였다.

만에 하나 초인을 상대하다가 강림체에 타격이라도 입는 다면 그의 영격(靈格)에 크나큰 손해로 이어질 터.

어쩌면 마계의 본체에 타격을 줄 수도 있는 일이었다.

'왜지? 왜 그렇게까지……?'

─네놈은 이 쟈이로벨의 하나뿐인 제자이지 않느냐.

아, 괜히 물어봤다.

루인은 쟈이로벨이 이렇게까지 하는 이유를 금방 유추해 냈다.

그도 빨리 보고 싶은 것이다.

흑마법과 백마법이 융화되어, 최종적으로 진화한 자신의 마법이 어떤 형태와 위력을 발휘하는지를.

쟈이로벨 역시 거기서 대마신 므드라를 이길 수 있는 단서 를 잡으려는 것이었다.

문득 피식 웃음이 나왔다.

마신의 각오가 그 정도라면 어울려 주지 않을 재간이 없었 다.

루인이 생도들을 바라보자 아직도 그들은 게리엘도스 교 수와 치밀하게 논쟁을 이어 가고 있었다.

"무슨 수업을 할지 그 결정권은 엄연히 이 게리엘도스에게 있네."

"그렇다면 좋습니다. 하지만 이번 수업을 통해 저희의 성적을 가늠하지는 마시죠."

"그러지."

씩씩거리며 자리에 앉은 세베론이 루인을 쳐다봤다.

이 모든 일과 절대로 무관하지 않은 그가 저토록 무표정한 얼굴로 듣고만 있으니 왠지 세베론은 화가 치밀어 올랐다.

"이게 다 교수님들께서 네게 관심을 보여서 일어난 일이잖아. 뭐라고 말 좀 해 보지 그래? 자꾸만 이런 식으로 우리 성적이 영향을 받는 건 별로 내키지 않아."

세베론은 아다만티움 박스 과제로 무등위 생도 전부에게 주어진 만점의 점수를 유일하게 거부한 생도였다.

자신의 능력으로 쟁취한 과제의 해결이 아니기에 학점을 거부한 것.

마법사로서의 그의 자존심이 얼마나 대단한지를 충분히 느낄 수 있었다.

루인이 게리엘도스 교수를 바라보았다.

"여전히 제 답을 듣고 싶으십니까?"

침을 꿀꺽 삼키는 것이 게리엘도스 교수는 긴장하는 기색이 역력했다.

"그렇네. 자네에게 답이 있는가?"

이제는 생도들도 게리엘도스 교수의 노골적인 태도를 통해 확실하게 느끼고 있었다.

교수님은 루인에게 질문하고 있는 것이 아니라 그의 지혜를 갈구하고 있다는 것을.

"나가시죠. 답을 보여 드리겠습니다."

그대로 루인이 무표정하게 일어나 교실을 빠져나가 버렸다.

멍한 표정으로 게리엘도스가 그의 뒤를 따르자 생도들도 하나같이 교실 밖으로 나왔다.

루인이 아카데미의 정문을 열고 구불구불한 상점가의 계단길을 오르기 시작하자 게리엘도스 교수는 금방 난색을 표했다.

수업 중에 함부로 아카데미를 빠져나오는 것은 교수로서 큰 부담이었다.

이제부터 무슨 일이 생기면 모두 자신의 책임.

하지만 게리엘도스 교수는 도저히 걸음을 멈출 수가 없었다.

저 신비로운 생도가 지금까지 보여 준 것들이 있기 때문이었다.

한 시간쯤 걸었을까.

루인의 걸음이 멈춘 곳은 르마델 나이트 캐슬의 끝부분이었다.

산자락과 이어진 마지막 성곽.

그 성곽 위로 르마델 왕국을 상징하는 거대한 베스키아 산자락이 저 멀리 하늘 끝까지 굽이쳐 있었다.

루인이 산길을 오르기 시작하자 게리엘도스 교수의 얼굴이 희게 변했다.

"루인 라이언 생도! 대체 어디로 가고 있는 건가?"

"제 답을 듣고 싶다고 하셨을 텐데요."

루인이 베스키아 산의 머나먼 정상을 바라보고 있었다.

"제 답은 저기에 있습니다."

생도들이 기겁을 하며 걸음을 멈췄을 때, 리리아만은 지독한 표정으로 루인을 따라나섰다.

이미 루인과 함께 운동장을 뛰기 시작한 시론과 그의 친구들도 결연한 눈빛으로 따라 걷기 시작했다.

하는 수 없다는 듯, 게리엘도스 교수가 달마디카 깊숙한 곳에 감춰 둔 지팡이를 꺼냈다.

"생도들, 모두 멈추게."

생도들이 뒤를 돌아보며 깜짝 놀라고 있었다.

교수의 마법 지팡이는 그들로서도 처음 보는 것이었다.

게리엘도스 같은 고위 마법사가 마력 크리스탈의 힘을 빌린다는 것.

그것은 극강의 난이도를 지닌 마법을 발휘할 거라는 예고나 마찬가지였다.

뭔가를 깨달은 듯 시론의 얼굴이 환해졌다.

"메스 텔레포트(Mass Teleport)!"

과연 시론의 예상대로 게리엘도스의 교수가 딛고 있는 바닥에서 복잡한 문양의 마법진이 생겨나며 새하얀 빛을 머금기 시작했다.

"생도들은 모두 마법진으로 모이게."

루인이 마치 예상이라도 한 듯한 담담한 표정으로 가장 먼저 다가와 마법진 위에 올라탔다.

다른 생도들도 모두 마법진에 올라타자 공간 좌표계를 점검하던 게리엘도스 교수가 마지막으로 루인을 쳐다봤다.

"자네의 답이 있는 곳이 베스키아 산의 정상인가?"

"그렇습니다."

"알았네."

화아아아악-

마법진의 나직한 진동을 느낄 새도 없이 눈부신 빛살이 퍼져 나감과 동시에 생도들은 베스키아 산의 정상에 서 있었다.

난생처음 느껴 보는 이질적인 감각에 몇몇 생도들이 기함하며 놀라워했다.

"우와아! 이게 말로만 듣던 메스 텔레포트!"

"이, 이런 느낌일 줄이야!"

"대단해요! 교수님!"

공간 전이 마법의 최고봉을 직접 겪었으니 그 희열은 이루 말할 수 없을 터.

어느덧 루인은 주변의 전경을 물끄러미 바라보고 있었다.

-봉화대(烽火臺)군.

르마델 왕국의 가장 거대한 규모의 봉화대.

확실히 이런 곳이라면 왕국의 마법사가 반드시 알고 있어야 할 공간 좌표계다.

창백해진 게리엘도스 교수가 탈력감을 겨우 억누르며 루인을 노려보고 있었다.

"……자, 이제 말해 보게. 이 베스키아 산의 정상에 무슨 답이 있나?"

루인은 아무런 말도 없이 광활한 베스키아 산자락을 응시하고 있을 뿐이었다.

감정을 느낄 수 없는 무심한 얼굴로 루인이 베스키아 산을 향해 마력을 흘리고 있었다.

그의 주위로 아지랑이처럼 피어오르기 시작한 청록빛 마력들이 사방을 향해 뻗어 나가자 생도들의 표정은 하나같이 멍해졌다.

"뭐 하는 거지?"

"마법인가?"

"아닌 거 같은데?"

"……하지만 아름답다."

마법사라면 누구나 할 수 있는 마력 방출.

어떤 마법사라도 이처럼 아무런 의미도 없이 마력을 소모하는 일은 함부로 하지 않을 것이다.

'대체……'

게리엘도스 교수는 그런 루인의 행동이 무엇을 의미하는지 처음에는 알 수 없었다.

저토록 광활한 범위에 위력을 떨치는 마력 방출이라면 마법사의 가장 큰 약점인 마나번(Mana burn)을 각오한 위험한 행동이었으니까.

하지만 곧 베스키아 산의 정상을 부딪쳐 오는 계절풍을 맞이한 순간.

청량하게 불어오는 바람과 루인의 마력이 한 몸처럼 춤추기 시작했다.

휘돌고 흩날리며,

나부끼다 잦아든다.

어떤 것으로부터도 매이지 않은 자유로움.

비명처럼 몰아치다가도 부드럽게 나아가며 어떤 장애를 만나든 고고하게 부유한다.

강렬한 돌풍이든, 차가운 삭풍이든, 그것은 오직 세상을 품어 내는 하나의 바람이었다.

어느덧 석양이 진 하늘.

바람과 함께 일렁이다 포말처럼 흩날리던 루인의 청록빛

마력 결정들이 환상처럼 이내 찬란하게 부서졌다.

"……."

게리엘도스 교수는 선 채로 굳어져 있었다.

루인의 보여 준 마력 방출이 무엇을 의미하는지 그제야 처절하게 깨달았기 때문이다.

루인의 입에서 여명처럼 잦아든 신비한 목소리가 흘러나오기 시작했다.

"궤도 관성. 회전 등속. 관성 기준계. 각변위…… 저 바람에 또 무엇이 있습니까 교수님."

게리엘도스 교수는 대답할 수가 없었다.

"현상계(現象界:자연)를 바라보는 인간의 해석이 아무리 고명한들, 또한 어떤 수사를 가져다 붙인들 이건 그냥 바람입니다."

시르하가 오랜 세월 바람의 대행자라 불려 온 영웅인 것은 그의 연산력이 뛰어나거나 감각이 엄청나서가 아니었다.

그는 그 자체로 바람을 느끼는 한 사람이었다.

누구보다 바람을 이해하며 살아온 한 명의 인간.

변함없는 그 사실이 그를 바람의 대행자라 불리게 해 주었다.

게리엘도스 교수를 바라보는 루인의 눈빛은 안타까움이었다.

"마법에 매진하다 보면 필연적으로 학문적인 관점에 매몰

되는 순간이 옵니다. 모든 현상을 해석하고 극복하며 이론으로 증명하고 싶어 하죠. 한 명의 마법사는 오래전에 원소를 이해했던 그 간단한 방법을 그렇게 잊어버립니다."

게리엘도스는 거칠게 휘돌고 있는 베스키아 산의 돌풍을 느끼고 있었다.

그건 마법이 아니었다.

마법사의 감각, 학술적 이론을 논하기 전에 그저 자연 속의 바람이었다.

'이 간단한 이치를…….'

대체 어디서부터 무엇이 잘못되어 있었던 걸까?

〈자연을 이해하지 못한 자는 마법을 논할 수 없다.〉

테아마라스의 마도서 첫 장에 적혀 있는 글귀.

이 만고불변의 진리를 도대체 언제부터 잊고 있었던 거지?

어느덧 루인처럼 마력 방출을 시작한 생도들이 자연을, 그렇게 하나의 원소를 온몸으로 느끼고 있었다.

"와아…… 이런 기분일 줄은 몰랐어."

"더없이 시원하고 청량해."

"아아!"

복잡한 연산 없이 그저 흩날리는 바람에 자신들의 마력을 흘려보내는 생도들.

212 하이베른가의
대공자 3

이것이 바로 마법사의 진짜 '감각'이었다.

받아들이고 이해하는 방법은 모두가 다르겠으나 그들이 느끼고 있는 것은 순수한 자연, 즉 바람 그 자체.

흔들림 없는 눈으로 생도들을 바라보던 루인이 다시 교수를 향해 입을 열었다.

"실망하셨습니까?"

질문의 모호함 때문인지 게리엘도스 교수는 미간을 일그러뜨리며 루인을 쳐다보고 있었다.

풍절계 마법을 향한 본인의 해석이 실망스럽냐고 묻고 있는 건지, 아니면 스스로에게 실망을 느끼고 있냐는—

'아······.'

루인의 두 눈을 마주한 순간 게리엘도스 교수는 그대로 고개를 내리깔고 말았다.

루인이 무엇을 묻고 있는지 곧바로 깨달았기 때문이다.

"······불행하게도 그렇다네."

피식.

루인이 저 멀리 아래의 르마델 나이트 캐슬, 새까맣게 변해 버린 왕성을 응시했다.

"마법사의 자의식이 관성을 가진다는 건 그래서 무서운 겁니다. 잊고 있다는 그 감각마저 잊어버리게 만들죠."

그 순간 게리엘도스 교수는 아드레나의 수많은 보고서가 떠올랐다.

루인이 쉼 없이 달리고 음식을 절제하는 근본적인 이유.

마법사의 날카로운 자의식을 유지하기 위한 그의 절제가 무엇을 위한 노력이었는지 즉각적으로 깨달았기 때문이다.

"그렇다면 자네가 뛰는 이유가 바로?"

"인간의 의식은 쉽게 관성을 가집니다. 한번 무뎌지기 시작하면 다시는 회복할 수 없을 정도로."

저 마탑의 고위 마법사들이라고 다를까.

지혜의 라이브러리에서 백마법의 세계를 엿본 루인은 백마법의 장점과 단점을 명확하게 인지하고 있었다.

인간이라는 종족의 집단 지성은 분명 위대했다. 하지만 그들은 각자의 위치에서 더 나아가지 못하고 매몰되어 버렸다.

소수에게 전승되어 온 지혜는 오랜 세월 편협과 특권을 양산했고 이는 학파를 통해 더욱 공고하게 굳어졌다.

경쟁이 주는 이점을 온전히 누리지 못하고, 편집증과 불안에 시달리며 스스로 갇혀 버린 마법사들.

게리엘도스 교수 역시 그런 흔한 인간 군상 중의 하나일 뿐이었다.

"루인 생도……."

게리엘도스 교수는 마음이 복잡하기 그지없었다.

루인은 아직 소년, 자아가 여물지 않은 나이다.

그럼에도 그는 인간의 자아가 지니는 관념적 한계, 그런 인간의 의식을 바라보는 관점의 밀도가 말도 안 되는 수준이었다.

어떻게 저 나이에, 인간의 약점을 저리도 냉정하게 정의하고 판단할 수 있단 말인가?

종(種)이 다른 것이 아니라면, 이렇게 냉정하게 인간을 정의할 수는 없을 것이다.

그 순간.

게리엘도스 교수의 머릿속에서 터무니없는 상상이 떠올랐다.

"……혹시 위대한 존재이십니까?"

-푸흡!

루인이 쟈이로벨의 웃음소리를 뒤로하며 곰곰이 생각했다.

게리엘도스 교수의 이런 착각을 내버려 두는 것은 분명 찝찝하지만 학부 생활을 생각하면 그리 나쁘지만은 않았다.

귀찮은 일이 훨씬 줄어들 것이 명확하기 때문.

결국 루인은 모호한 태도를 취했다.

"글쎄요."

의미심장하게 웃고 있는 루인의 반응에 게리엘도스 교수는 마치 확신하는 눈치였다.

'세상에!'

드래곤 일족이라니!

수호룡 베스키아의 실종 후 드래곤들은 다시는 르마델 왕국에 관심을 가지지 않았다.

한데 이렇게 왕립 아카데미에서 지적 유희(遊戱)를 즐기고 있었던 것이다.

"이 게리엘도스, 위대하신……."

순간 더없이 차가운 눈동자를 빛내고 있는 루인.

감동하며 예법을 펼치려던 게리엘도스 교수가 그대로 굳어졌다.

자신의 실수를 곧바로 깨달았기 때문.

유희를 시작한 드래곤들은 정체가 탄로 나는 즉시 인간들에게서 멀어졌다.

오랜 세월이 흘러 다시 왕국에 관심을 가지기 시작한 위대한 존재.

하마터면 왕국에 크나큰 손해를 입힐 뻔한 것이다.

루인의 냉랭한 목소리가 들려왔다.

"더 이상은 귀찮은 일이 없었으면 합니다. 저를 향한 호기심도 이쯤에서 멈춰 주시지요."

"하, 하하! 물론 그래야지 루인 생도!"

어색하기 짝이 없는 반응이었지만 일단은 자신의 의도가 성공한 셈.

몇몇 생도들이 풍절계 마법을 처음으로 시전하며 환호하고 있을 때 루인이 교수에게 요청했다.

"이제 그만 아카데미로 돌아가시죠."

"아, 그래야지. 생도들은 모두 이리 모이게!"

◆ ◆ ◆

현자 에기오스는 게리엘도스 교수가 보내온 보고서를 확인하며 홀린 듯이 중얼거리고 있었다.

"그 녀석…… 아니 그가 드, 드래곤이라고……?"

마탑의 최고위 마법사 네흠이 경악하며 물었다.

"그렇다면 그가 하이베른가의 수호룡 비셰리스마란 뜻입니까?"

현자 에기오스의 수제자 다프네는 부정했다.

"하이베른가의 백룡은 왕실의 청룡과 마찬가지로 왕국의 탄생 이후 한 번도 정체를 드러낸 적이 없죠. 가능성이 적은 이야기예요."

"하지만 우리 왕국에 관심을 가질 만한 드래곤이라면 베스키아나 비셰리스마밖에 없지 않느냐?"

스승의 질문에 또다시 고개를 가로젓는 다프네.

"베스키아라면 몰라도 비셰리스마는 확실히 소멸한 것이 분명해요. 하이베른가의 후손들이 얼마나 오랜 세월 동안 그를 찾아 헤맸는지 잘 알고 계시잖아요?"

그 옛날 하이베른가를 도와준 마탑은 알고 있었다.

하이베른가의 성곽 아래 지하 도시처럼 거대한 미로가 자리 잡고 있다는 것을.

네홈이 다프네를 응시했다.

"하지만 다프네. 하이베른가의 대공자가 드래곤이라면 비셰리스마 외에는 설명이 불가능하구나."

"왜 이렇게 의심 없이 확신하는 거죠? 게리엘도스 교수의 판단이 틀렸을 수도 있잖아요?"

다프네의 반응에 현자 에기오스가 허허롭게 웃었다.

"그는 이 에기오스가 신뢰하는 자다. 마법학부에서 가장 신중한 사람이지. 절대로 섣부르게 판단할 사람이 아니야."

뾰로통하게 볼을 부풀리며 다프네가 입을 다물자 네홈이 에기오스를 쳐다봤다.

"하지만 현자님. 그렇다면 그의 마나 서클은 어떻게 설명할 수 있습니까? 아무리 드래곤이라고 해도……."

"그들은 인외의 존재. 함부로 인간의 상식으로 접근해서는 안 되네."

"인간의 눈으로는 살필 수 없는 초월적인 마법 현상이란 말입─"

에기오스가 네홈의 말을 잘랐다.

"자네는 드래곤 하트를 직접 본 적이 있나?"

"그, 그럴 리가요."

인간의 역사 속에서 드래곤 하트가 등장한 적은 단 세 차례.

그것도 모두가 고대의 전설 속에서 일어난 사건이었다.

몇몇 마도서에 드래곤 하트를 묘사한 흔적이 남아 있었지만 직접 확인해 보지 않은 이상 그 형태는 불명확했다.

"그렇다면 그게 드래곤 하트였을 수도 있지 않은가. 외부에 자신의 마나 서클을 소환하는 것은 그들의 용언(龍言)을 생각했을 때 불가능한 일만은 아니지."

"그렇다고 해도 자신의 전부나 다름없는 드래곤 하트를 함부로 위험에 노출시키는 것도 말이 안 되지 않습니까? 더욱이 그 목적이 고작 우리를 도발하기 위해서라는 건—"

"위대한 종족의 유희를 인간이 어찌 이해할 수 있겠나."

"그럼 이제 저희는 어떻게 해야 할까요?"

한 국가가 수십여 명의 초인들을 동시에 상대할 수 있는 드래곤을 보유한다는 것.

이는 모든 정치적 상황이 급변한다는 뜻이었다.

이 정보가 주변 왕국에 흘러가는 즉시 모든 동맹 관계가 새롭게 구축될 수 있었다.

어쩌면 그들 전부가 '알칸 제국'에게 붙어 버릴 수도 있는 일.

그것은 르마델 왕국에서 일어날 수 있는 가장 커다란 재앙이었다.

"하이렌시아가에게는 알려야 하지 않겠습니까?"

왕실까지 장악하고 있는 그들에게는 결코 끝까지 숨길 수 없는 비밀.

어쩌면 이 모든 일들을 이미 파악하고 있을지도 모른다.

"그 전에 일단 확실한 파악이 먼저예요."

어느덧 자리에서 일어난 다프네가 로브의 후드를 덮어쓰고 있었다.

"그를 조사하고 있던 모든 이들을 그에게서 물리세요. 제가 직접 확인해야겠어요."

"……네가?"

다프네는 마탑 밖의 인간들을 극도로 싫어한다.

그 사실을 누구보다 잘 알고 있는 에기오스의 눈빛에는 역시 염려하는 기색이 가득했다.

하지만 그녀의 말이 일리가 없는 것은 아니었다.

이제 게리엘도스 교수는 루인이 드래곤 종족이라는 것을 인지한 상태.

그의 정체가 탄로 날 만한 일을 저지르거나 함부로 자극하는 일이 벌어진다면 돌이킬 수 없는 상황을 맞이할 수 있었다.

"잘할 수 있겠느냐?"

"네. 스승님."

후드를 벗어 드러난 다프네의 신비로운 눈빛이 창밖의 마법학부를 응시하고 있었다.

◆ ◆ ◆

게리엘도스 교수에게 오해를 불러일으킨 효과는 생각보다 꽤 컸다.

헤데이안 학부장에게도 소식이 전해졌는지 전보다는 확실히 덜 귀찮게 하는 느낌.

때문에 루인은 착실히 자신의 루틴대로 마법학부 생활을 유지할 수 있었다.

그러나.

아무런 문제도 없는 것은 아니었다.

"여어, 오늘도 역시 나왔군?"

"……."

루인은 애써 시론의 시선을 외면하고 있었다.

분명 아무런 인기척도 없어야 할 새벽 4시.

한데 마법학부의 운동장은 생도들로 바글바글했다.

시론과 그를 추종하는 여덟 생도.

최근에 합류한 리리아와 슈리에, 그리고 아드레나.

가장 당황스러운 것은 얇은 슈미즈(Chemise)만을 걸친 채 벌써부터 준비 운동을 하고 있는 게리엘도스 교수였다.

루인의 황당한 시선을 느꼈는지 게리엘도스가 어색하게 웃고 있었다.

"생도들이 이 정도로 성실하게 몸을 관리하고 있는 줄은 몰랐네. 나 역시 크게 깨닫는 바가 있어 오늘부터 함께 참여하게 되었네!"

그 뒤로도 생도들의 생활을 살피는 것은 교수의 의무라는 등의 별의별 일장 연설이 있었지만 루인은 애써 모른 척했다.

저 게리엘도스 교수가 무엇 때문에 뛰려고 하는지를 이미 알고 있었기 때문.

혹시나 하는 마음에 주위를 둘러보며 학부장을 찾았지만 다행히 그는 보이지 않았다.

나이도 있는 사람이 함부로 뛰면 자칫 큰일이 날 수도 있는 터. 몸을 단련하는 것도 시기가 있었다.

물론 게리엘도스 교수의 나이 역시 오십 줄.

루인이 무표정한 얼굴로 말했다.

"얻는 것보다 잃는 것이 많을 수도 있습니다. 너무 무리하지 마십시오."

"하하, 자네가 이 나를 거, 걱정해 주는 건가?"

어색하기 짝이 없는 반응.

아마도 자신을 드래곤이라고 철석같이 믿고 있는 모양이다.

척척-

루인이 일정한 보폭으로 나아가자 생도들이 일제히 따라 뛰었다.

어색하게 웃고 있던 게리엘도스 교수도 황급히 발을 굴렸다.

파파파팟-

갑자기 루인이 전력 질주나 다름없는 속도로 치고 나가자 생도들이 이를 악물고 뒤따른다.

하지만 이미 단련된 루인의 속도를 초보 생도들이 따라잡을 수 있을 리 만무.

그렇게 네 바퀴를 뛰었을 때 호흡 하나 흐트러지지 않은 루인과는 달리 몇몇 생도들이 주저앉기 시작했다.

물론 게리엘도스 교수도 그중의 하나였다.

"헉헉…… 저 녀석들! 어떻게 저렇게 뛸 수가 있지?"

오늘로써 6일 차를 맞이한 제드였지만 어김없이 오늘도 4바퀴째에서 주저앉고 말았다.

루인이야 원래부터 이 짓을 하고 있는 괴물이었지만, 같은 6일 차인 시론과 세베론, 거기에 최근에 합류한 저 리리아는 어떻게 설명할 수 있단 말인가?

메노에가 제드의 질문에 화답한다.

"혹시 몰래 헤이스트(haste)라도 건 게 아닐까?"

"오호!"

그럴싸한 추론이라는 듯 제드가 묘한 눈빛을 빛내고 있을 때 게리엘도스 교수가 엄정하게 꾸짖었다.

"후우…… 함부로 동기들을 매도하지 말게 생도들."

놀랍게도 이 간단한 '운동장 달리기'에서조차 마법적 재능과 정신력이 정확히 정비례하는 양상을 보여 주고 있었다.

지금 루인과 함께 뛰고 있는 생도들은 육체로 뛰고 있는 것이 아니다.

마법사의 뛰어난 정신력.

루인을 따라잡고 싶어 하는 끈질긴 집념과 승부욕이 그들의 육체를 한계로 이끌고 있는 것이었다.

물론 게리엘도스도 마법사.

'드래곤이라면 몰라도 생도들에게 질 수는 없다!'

게리엘도스 교수가 다시 필사적으로 뛰어가자 주저앉아 있던 생도들도 이를 깨물었다.

"게리엘도스 교수님도 50살이 넘는다고! 게다가 1일 차잖아!"

파파파파파팍!

그렇게 마법학부는 새벽부터 생도들의 열정으로 들끓었다.

◆ ◆ ◆

죽어라 뛰고 난 후.

아카데미 식당의 문이 열리기만을 기다려 온 생도들은 시론의 식판을 쳐다보더니 동시에 기겁하고 있었다.

"도, 도대체 뭐야? 그 식단은?"

"진짜 미쳤나 봐! 죽으려고 그래?"

삶은 고기 한 덩이와 으깬 감자, 채소 한 움큼이 전부인 시론의 식단은 가히 죄수의 식단에 가까울 지경.

측근(?)들의 열렬한 반응에 시론은 의미심장하게 웃고 있었다.

"네놈들이 위대한 마법사의 절제를 알 턱이 없지."

"저, 절제?"

하지만 그렇게 득의양양하게 걸어가 자리에 앉은 시론은 루인의 식단을 확인하며 똥이라도 씹은 듯 얼굴을 구기고 있었다.

"스, 스테이크?"

마치 배신이라도 당한 듯, 치를 떨고 있는 시론.

거기에 으깬 감자에서 불에 구운 통감자로, 퍼석한 채소 무침에서 가벼운 향으로 드레싱한 샐러드로 바뀌어 있었다.

또한 묵직한 향의 고기 스튜에 빵까지 곁들였다.

"마, 말도 안 돼! 불에 구운 음식을 멀리하는 것이 아니었나?"

"전혀."

루인이 아무렇지도 않게 대답하며 자른 스테이크를 오물 거리자 시론이 악착같이 이를 깨물었다.

"그럼 그동안은 왜 불에 닿은 음식들을 멀리한 거지?"

"전에는 속이 편하지 않아서."

실망이 컸는지 시론이 온몸을 부르르 떨고 있었다.

불에 직접 닿은 음식을 멀리하는 건 일부 학파의 오랜 전통.

섭식 장애가 사람의 인지 작용과 관련이 있다고 보는 오래된 시각이었다.

그래서 시론은 루인이 위대한 마법사들의 흔적을 좇아 전통을 따른다고 생각했다.

한데 이건 마치 오랫동안 흠모해 온 학자가 눈앞에서 궤변을 늘어놓는 느낌이다.

"속이 조금 편해졌다고 갑자기 식단을 바꾸는 것은 오히려 속에 더 부담을 주지 않나? 게다가 맛을 가까이하는 건 네 절제에도 도움이 안 될 텐데?"

"맛?"

그저 삶은 고기에서 구운 고기로, 채소 무침에서 가벼운 향으로 드레싱한 샐러드로, 으깬 감자에서 통감자로 바뀌었을 뿐이었다.

스튜 역시 자극적이지 않은 일반 고기 스튜, 빵도 흔한 바게트.

어딜 봐도 맛을 중점으로 한 식단은 아니었다.

그런 반문을 담은 루인의 눈빛을 읽었지만 시론은 아랑곳하지 않았다.

"게다가 양 또한 급격하게 늘지 않았나! 너처럼 마르고 보잘것없는 몸에 엄청난 부담을……!"

시론이 자신의 실수를 깨달았는지 입을 꾹 닫았다.

사실은 자신의 말에 정답이 있었다.

"네가 잘 말했군. 이제 난 일반적인 수준까지 몸을 키울 작정이다."

"……그렇군."

시론이 독한 표정으로 머리를 흔들었다.

녀석은 변절(?)했지만 자신의 각오를 여기서 무를 수는 없었다.

시론이 악착같이 삶은 고기를 베어 물고 있을 때.

세베론이 육즙이 뚝뚝 떨어지는 스테이크를 식판에 한가득 담은 채로 자리에 앉고 있었다.

"오호, 마법사의 절제인가요. 시론."

"다, 닥쳐라!"

시론은 갖은 소스와 향신료로 범벅이 되어 있는 세베론의 스테이크를 필사적으로 외면했다.

짙은 육향, 코를 자극하는 풍미에 정신이 없을 지경.

한데 그렇게 고개를 돌린 시론의 시야에 고아하게 식사를 하고 있는 한 소녀의 모습이 들어왔다.

에메랄드빛을 가득 담은 머리칼.

폭포수처럼 쏟아져 내린 머리칼 사이로 별빛처럼 반짝이는 소녀의 두 눈.

신비롭기 그지없었다.

정말 아름다웠다.

너무나도 놀랐을 정도로.

더욱이 나이프와 포크를 쥔 모습만 봐도 귀족가의 예법을 단숨에 느낄 수 있는 고아함이었다.

한데 그런 그녀의 견장에는 아무런 매듭이 없었다.

'무등위 생도?'

하지만 한 번도 보지 못한 여자다.

새로운 보결 생도인가?

한데 왜 이렇게 익숙한 느낌이 드는 거지?

그렇게 혼란스러운 시론의 시선이 그녀의 귀 뒤에 머물렀다.

세 개의 별(三星).

순간 시론은 마탑에서 가장 유명한 여마법사를 머릿속에 떠올렸다.

현자 에기오스의 수제자.

다프네 알렌시아나.

아주 어렸을 적, 그녀와 마주쳤을 때 숨이 쉬어지지 않았던 기억이 순간적으로 스쳤다.

'다, 다프네!'

그녀는 천재 같은 것이 아니다.

이 아카데미가 품을 수 있는 수준이 아니다.

상식을 뛰어넘는 괴물.

다프네를 언급할 때면 할아버지의 눈빛은 언제나 경외심으로 물들어 있었다.

'……왜지?'

그녀의 경지는 마탑의 초고위 마법사들과 수준을 함께한다.

마탑에서도 신비롭기 짝이 없는 인물.

마나의 축복을 타고난 그녀는 차기 마탑의 가장 강력한 탑주 후보다.

이미 한 학파의 수장에 맞먹는 경지를 이룬 그녀가 왜 마법학부, 그것도 무등위 견장을 끼고 나타났을까?

순간 시론은 등줄기에서 소름이 좌르르 돋아났다.

아무것에도 관심을 가지지 않을 듯한 그녀의 차가운 시선이 가끔씩 루인을 힐끗거리고 있다.

설마 저 놀라운 마법사조차도 루인에게 관심을 가지고 있었단 말인가?

시론의 두뇌가 맹렬하게 회전하기 시작한다.

'그래, 그거였다!'

다프네는 마법적 재능과 실력에 비해 자기 사람이 없었다.

마탑의 초고위 마법사들 대부분이 현자이신 할아버지의 측근이거나 대마법사 게르휀의 사람들.

차기 탑주를 노리는 쟁쟁한 마법사들 사이에서 자신의 영향력을 키우려면 어쩔 수 없이 자기 사람을 영입해야 했다.

그 도도한 다프네가 이런 무리한 선택을 했다면 그 이유를 따로 알아볼 필요조차 없었다.

'그래. 루인을 노리고 있었단 말이지.'

하지만 아쉽게도 이 몸이 먼저 점찍어 놨다는 말씀.

'아무리 다프네라고 해도 이 시론의 사람을 함부로 눈독 들이는 건 아니지.'

시론이 자리를 옮기며 그녀의 시야를 방해했다.

시론이 갑자기 자신의 옆에 앉자 루인이 인상을 찌푸렸다.

"식사에 방해가 되는데."

"아, 그냥 자리를 옮기고 싶었다. 조금 떨어지지."

다프네.

저 리리아와 슈리에와는 비교도 할 수 없는 강력한 경쟁자.

루인처럼 마도서에 강한 집착을 보이는 마법사라면 마탑이 보유한 희귀한 마도서 하나에도 쉽게 넘어갈 수 있었다.

빈틈을 보였다간 한순간에 낚아채 갈 수도 있는 것이다.

한데 그때.

또각또각.

갑작스럽게 등 뒤에서 들려오는 구둣발 소리.

시론이 불길한 예감에 고개를 돌렸을 때.

다프네가 무표정한 얼굴로 서 있었다.

본인의 식판을 든 채로.

"앉아도 되겠죠?"

엄청난 다프네의 미모에 놀랐는지 제드가 황급히 자신의 옆자리를 내주었다.

"무, 물론이죠! 여기에 앉아요!"

하필 그 자리는 루인의 맞은편.

하지만 여전히 시선을 내리간 채 식사에만 집중하는 루인.

자리에 앉은 다프네는 그런 루인을 노골적인 시선으로 쳐다보고 있었다.

그제야 다프네의 견장을 확인한 생도들이 깜짝 놀란 반응을 보였다.

"엇? 새로운 보결 생도인가?"

"그런 얘기는 못 들었는데?"

이곳은 엄연한 르마델의 왕립 아카데미.

정당한 절차와 교칙의 엄수 없이 함부로 보결을 받는 곳이 아니었다.

한데 놀랍게도 다프네가 순순히 자신의 정체를 드러내고 있었다.

"마탑에서 파견 나온 마법사, 다프네라고 해요."

"마, 마탑!"

"입탑 마법사라고요?"

"세, 세상에!"

입탑(入塔)은 모든 생도들의 꿈.

생도들은 그런 아득한 세계의 마법사가 아카데미의 생도, 그것도 무등위 생도의 견장을 하고 있는 것이 너무나 어색했다.

"마탑의 마법사라고 해도 신성한 아카데미에서 함부로 특권을 가질 수는 없죠."

"자, 잠깐. 잠깐만요."

세베론의 두 눈이 점점 찢어져라 부릅떠진다.

"그대가 다, 다프네라면 혹시 현자 에기오스 님의 수제자……?"

끄덕끄덕.

"부끄럽지만 그렇게 불리고 있죠."

생도들은 입만 찢어지게 벌린 채 아무런 말도 할 수 없었다.

나이는 분명 자신들과 비슷한데도 차원이 다른 신분을 지닌 고위 마법사였다.

"의외군. 이렇게 모두 떠벌리다니."

시론의 진득한 눈빛에 다프네가 활짝 웃었다.

너무나도 마력적인 웃음.

순간적으로 심장이 덜컥거릴 정도다.

"그래. 하늘 같은 '입탑 마법사'께서 굳이 미천한 하계의 생도들과 함께 어울리려는 의도는?"

다프네가 고아하게 나이프를 내려놓으며 루인을 쳐다본다.

"좋아하는 남자가 생겼거든요."

"뭐, 뭐라고?"

"네에……?"

"고, 고백?"

황망하게 굳어진 시론과 그의 친구들.

루인이 이건 또 뭐냐는 듯 눈살을 찌푸리고 있었다.

시론은 마치 사고가 마비되는 기분이었다.

설마하니 저 고고한 다프네가 곧장 고백을 늘어놓을 줄이야!

다프네의 터무니없는 미인계에 벌써부터 지독한 패배감이 몰려왔다.

루인도 남자.

과연 그가 저 엄청난 미모의 다프네를 거부할 수 있을까?

모두의 호기심 어린 시선이 루인에게 모인다.

저 무심한 리리아마저 귀를 쫑긋 세우고 있다.

그만큼 충격의 여파는 컸다.

"그 대상이, 설마 나라는 거냐?"

나이프와 포크를 내려놓은 채 마치 신기한 동물을 대하듯 다프네를 바라보고 있는 루인.

"안 되나요?"

루인이 흥미가 가신 듯한 표정으로 그녀의 시선을 털어 냈다.

그녀의 눈빛에 서려 있는 감정은 호감이나 사랑 따위가 아니었다.

호기심, 어쩌면 두려움.

목적이 무엇이든 이 소녀는 지금 사람의 감정을 한낱 수단으로 활용하고 있다.

루인이 가장 혐오하는 종류의 인간.

사람이 사람을 기꺼워하는 감정을 저리도 무감각하게 말할 수 있는 여자라면 더 이상 상대할 가치도 없었다.

"얼빠진 계집이군."

그것이 다프네를 향한 루인의 첫 평가.

입탑 마법사, 현자의 수제자, 게다가 왕국 최고의 미녀를 다투는 재녀(才女)를 '얼빠진 계집'이라 말할 수 있는 사람이 얼마나 더 있을까?

아마 없을 것이다.

"……"

"……"

루인의 입에서 상상도 해 보지 못한 대답이 흘러나오자 생도들은 저마다의 충격으로 굳어졌다.

무려 여자가 먼저 건넨 고백.

더욱이 그녀는 마탑의 다프네.

한데 이런 엄청난 기회를 저렇게 바보같이 저버린다고?

"루, 루인!"

"레이디께 실례되는 말이다!"

몇몇 생도들이 루인을 노려보며 고개를 흔들고 있었다.

아무리 상대가 마음에 들지 않는다고 해도 저런 모욕적인 언사로 화답하다니!

"그만."

"시론!"

시론이 측근들을 제지하며 경외의 시선으로 루인을 바라보고 있었다.

과연 어떤 남자가 저 아름다운 다프네를 한낱 못생긴 몬스터처럼 취급할 수 있단 말인가!

더없이 굳건한 마법사의 의식.

그 초절하고 격조 높은 정신 세계가 가히 경이로울 지경이었다.

시론이 마치 우상을 바라보는 듯한 심정으로 루인에게 물었다.

"과, 과연! 경지에 이르기 위해서라면 남자의 욕정쯤은 기꺼이 접어 둘 수 있단 말인가! 조, 존경한다! 혹시 너는 귀족인가? 이런 지고한 마도(魔道)가 평민에게서 나올 수 있을 리가 없다!"

"거짓말이다."

"응?"

루인이 식판을 들고 퇴식구로 향하며 다프네를 힐끗 쳐다봤다.

"그런 바보 같은 눈으로 호감을 말하다니. 극단의 배우가 되고 싶다면 감정을 속이는 법부터 배워야겠군."

하지만 다프네는 루인의 그런 지독한 평가에도 오히려 미소를 짓고 있었다.

화사하게 웃고 있는 다프네의 모습에 생도들은 또다시 얼빠진 표정으로 그녀를 바라보았다.

다프네가 루인을 뒤따라 퇴식구로 걸어가자 황급히 정신을 차리는 생도들.

"포, 포기하지 않았어!"

"와나, 세상 진짜."

새삼 처지가 서글퍼진 제드가 밥맛이 떨어진 듯 포크를 내려놓았다.

"아니 미친 거 아니야? 어떻게 저런 여자를 거부할 수 있지?"

"남자가 아닐지도."

...이었지만 제드는 진지하게 고

...과 씻어 본 적 있는 사람?"

그는 여리여리한 루인의 체형이 정말로 그럴싸하다고 믿는 눈치였다.

Chapter. 20

루인은 아카데미의 장미 정원을 거닐고 있었다.

어제 독파한 마도서를 미처 심상으로 정리하지 못했기 때문.

수업이 시작되기 전에 그렇게 조금이라도 마도서를 소화하고 싶었는데 불행히도 그럴 수가 없었다.

다프네가 그림자처럼 계속 자신을 따라붙고 있었기 때문.

자신의 조사관(?)을 자처하는 아드레나도 이 정도까지 노골적이진 않았다.

"……왜지?"

"관심 받고 싶어서요."

이렇게 대놓고 관심을 구걸하다니.

고고한 레이디의 입에서는 결코 쉽게 나올 수 없는 말.

웬만한 이유 없이 입탑 마법사의 자존감으로 이렇게까지 할 수는 없는 터.

다행히도 다프네는 곧바로 자신의 의도를 드러내 주었다.

"인간이 위대한 존재의 관심을 받는다는 건 그만큼 어려운 일이니까요. 그 유희(遊戲)의 삶에 인간이 끼어들기란 마치 기적 같은 일이거든요."

"……."

와.

루인은 정말 게리엘도스라는 인간이 달리 보였다.

베스키아 산의 수업 이후 이제 고작 사흘이 지났다.

마탑이 다프네를 파견해 올 정도라면 베스키아 산의 수업이 끝나자마자 곧바로 일러바쳤다는 말.

무슨 마법사란 놈이 이렇게까지 입이 싸단 말인가?

일부 교수들과 학부장에게 상의를 하는 정도까진 이해가 되건만 이건 빨라도 너무 빠르다.

이 정도라면 게리엘도스 교수는 마법학부가 아니라 마탑의 사람이라고 봐도 무방할 정도.

이제야 루인은 게리엘도스 교수를 상대할 방향성을 확실하게 잡을 수 있었다.

"그래서 그런 터무니없는 고백을 한 건가?"

"관심 끌기의 일환이죠."

"관심을 끌어서? 그 후엔?"

다프네가 활짝 웃었다.

"확인을 해야죠."

"내가 드래곤이 맞는지를?"

"인지하는 것과 실증하는 것은 확실히 다르니까요. 마도의 조종(祖宗)이시니 저희 마법사의 사고방식을 충분히 이해하시리라 믿어요."

"내가 마음에 들지 않아 화를 낸다면? 너무 조심성이 없는 것은 아닌가?"

그 순간, 다프네의 아름다운 두 눈에 짙은 두려움이 스쳤다.

하지만 그녀는 자신의 판단을 믿었다.

드래곤에 관한 연구라면 마탑의 누구보다 열심히 해 왔다고 자부했다.

"지혜로 향하는 인도자, 진실한 마도의 궁구, 세계의 균형을 조율하는 초월자. 제가 알고 있는 위대한 종족의 속성이에요. 저는 제 행동이 위험하지 않다고 믿어요."

마치 확신하고 있는 듯한 다프네의 태도에 루인은 피식 웃어 버렸다.

이 여자는 드래곤들이 얼마나 괴팍한지를 알지 못한다.

너무나도 단순한 이유로 인간에게 호감을 가지거나 적대

하는 것이 드래곤.

그들의 사고방식은 인간의 빈약한 상상력으로는 쉽게 헤아릴 수가 없었다.

"드래곤을 책으로 배웠군. 그런 식으로는 아무것도 알 수 없을 테니 마탑으로 돌아가 자중하도록 해라."

"저는 아직 아무것도 증명하지 못했어요."

발길을 옮기려던 루인이 멈춰 섰다.

"폴리모프(Polymorph)라도 풀란 뜻인가? 그 말이 어떤 의미인지 알기나 해?"

괴팍한 드래곤이라면 여기서 폴리모프를 풀고 곧장 유희를 끝내 버릴 수도 있다.

인간들에게 정체가 드러나는 것을 기꺼워할 드래곤은 세상 어디에도 없기 때문.

"아, 아뇨! 그 정도까진 바라지 않아요! 전 그저……."

다프네가 고아하게 예를 다해 무릎을 꿇었다.

"한 사람의 마법사로서 위대하신 존재의 마도(魔道)를 배알(拜謁)하고 싶어요."

다프네의 두 눈에 깃든 감정은 꾸밈없는 열망이었다.

식당에서와는 달리, 적어도 저 열망만큼은 진실.

그제야 조금은 마음이 풀어졌는지 루인이 다시 다프네를 응시했다.

그녀는 단순히 확인만 하고 싶은 것이 아니었다.

경지에 대한 갈망.

위대한 것을 향한 경이.

"이제야 좀 마법사다운 눈빛이군."

마치 자신을 해부하는 듯한 루인의 강렬한 시선에 다프네
는 가늘게 몸을 떨고 있었다.

"하지만 가소롭구나. 감히 거리낌 없이 이 흑암의 공포에
게 마도를 청하다니."

'그, 그의 이명!'

마탑으로 돌아가 가장 먼저 확인해야 할 정보.

다프네는 '흑암의 공포'라는 섬뜩한 이명을 가슴 깊은 곳에
간직했다.

"다만 내 흥미를 돋우는 데는 성공했구나. 내 유희의 옆자
리 정도는 내어 줄 수 있으니 알맞게 처신하도록."

"아아……!"

다프네가 정신없이 고개를 끄덕이자 루인이 멀찍이 사라
졌다.

멀리 수풀 속에 몸을 감추고 있던 시론과 그의 측근들이 홀
린 듯이 의견을 주고받고 있었다.

"세상에! 저 다프네가 구질구질하게 무릎까지 꿇었어!"

"루인 녀석에게 무슨 말을 들었길래 저렇게 감동한 표정인
걸까?"

시론이 경악의 표정을 했다.

"설마! 허락한 건가?"

"그럴지도요?"

"아아!"

치잇, 역시 녀석도 어쩔 수 없는 남자라는 건가?

시론의 얼굴이 실망감으로 물들어 갈 때, 반대편 수풀 쪽이 물결처럼 일렁이더니 초급 시야 교란 마법이 사라지고 있었다.

"앗! 너희는 언제!"

서서히 정체를 드러내는 리리아와 슈리에.

이내 리리아가 냉랭하게 코웃음 쳤다.

"흥! 저건 차인 거다."

"차인 거라고?"

슈리에도 심각한 얼굴로 고개를 끄덕이며 리리아의 의견에 동조하고 나섰다.

"아직도 고개를 푹 숙이고 있잖아요. 받아들이지 못하고 있는 것이 분명해요."

갑자기 벼락같이 화를 내는 시론.

"이 남부의 거짓 이교도들! 왜 자꾸만 루인 녀석에게 관심을 가지는 거지?"

"뭐래. 옛 망령에 사로잡혀 진실을 눈앞에 두고도 보지 못하는 맹인 주제에."

"닥쳐라! 대체 어디냐? 칼파스? 드레고아? 그것도 아니면 설마 뷰오릭?"

"뭐, 뭐래! 이만 가요 리리아!"

◆ ◈ ◆

불길한 예감에 샤이로벨이 루인을 쏘아붙였다.

-네놈, 너무 거침이 없어진 것이 아니냐?

거리낌 없이 드래곤 행세를 하는 것도 그렇고 생도들과 교수를 상대하는 방식도 그렇고 뭔가 확연히 달라진 느낌.

"최고의 대전사를 얻었는데 어렵게 갈 필요는 없지."

-대전사(代戰士)?

루인이 말하는 대전사가 자신을 말하고 있다는 것을 즉각적으로 이해한 샤이로벨.

곧 그가 뭔가를 깨달은 듯 불같이 화를 냈다.

-초인과 맞상대할 상황이 오면 나서 주겠다고 했지 그걸 빌미로 네놈에게 도박을 하라고 하진 않았다!

"그게 그거지 뭐."

-설마 너…… 꾀어낼 생각이냐?

"그래. 이 맛있는 먹잇감을 렌시아 놈들이 놓칠 리가 없
지."

쟈이로벨은 루인의 입에서 렌시아라는 단어가 흘러나온
순간 그의 의도를 명확하게 이해할 수 있었다.

-네놈! 사흘이 했던 말을 확인하고 싶은 거군!

렌시아 놈들이 건국왕과 초대 사자왕의 드래곤들을 노렸
던 것이 사실이라면.

타이탄족의 생존에 드래곤의 사체가 필요한 것이 정말로
진실이라면…….

"마탑은 언젠가 나의 존재를 렌시아가에게 알릴 거다. 어
떤 방식으로든 반드시 렌시아 놈들이 접근해 오겠지."

-너무 위험하지 않겠느냐?

"지금의 나는 르마델 왕국의 보호를 받는 생도 신분이다.
또 여차하면 인간임을 증명하면 끝나는 문제고. 충분히 도박

을 걸어 볼 만해."

루인의 눈빛이 차분하게 가라앉았다.

"사흘의 증언을 반드시 확인한다. 만약 렌시아가 드래곤
들을 사냥해 온 것이 확실하다면……."

용납할 수 없다.

어쩌면 최후의 날까지 드래곤들이 나타나지 않은 것이 놈
들과 관련된 일일 수도 있기 때문.

그것이 사실이라면 렌시아가, 아니 타이탄족도 악제의 군
단의 하수인일지도 모른다.

그 말은 흑암의 공포, 자신이 궤멸해야 할 대상이라는 뜻이
었다.

"최상의 컨디션을 유지해 둬. 일은 언제나 예고 없이 일어
나니까."

루인이 곧바로 염동력을 일으켜 어제 연구했던 마법을 시
전하고 있었다.

정신력으로 마력을 통째로 녹여 내는 듯하다가도 끝없이
세밀한 술식으로 이어지는 지고한 마법.

쟈이로벨이, 그리고 루인이 기다려 온 흑백(黑白)의 융합
이, 그렇게 좁은 기숙사의 방에서 재현되고 있었다.

어느덧 아카데미의 여름 방학이 성큼 다가오고 있었다.

◆ ◇ ◆

　학기가 끝나고 여름 방학이 시작되자 모든 생도들이 썰물처럼 아카데미를 빠져나갔다.

　톱니바퀴 같은 프로그램과 스케줄이 쉴 새 없이 이어지는 마법학부 생활에서 방학이란 그들의 유일한 해방구.

　덕분에 루인은 오랜 만에 아무런 방해 없이 마법 수련에 매진할 수 있었다.

　-호오, 이것이 네놈의 새로운 마법이냐?

　하늘과 지평선이 맞닿아 그 경계조차 알 수 없는 끝없는 어둠의 세계.

　그런 루인의 심상(心想) 세계에서, 쟈이로벨이 루인의 마법을 관찰하고 있었다.

　-이건 하기라사트라의 진화냐?

　화르르르르-

　풍겨 오는 농밀한 마력의 결은 분명 하기라덴의 상위 버전, 중급 겁화계(劫火計) 흑마법 하기라사트라다.

　그러나 마력의 결만 유사할 뿐, 그 형태나 빛깔, 위력 등이 확연하게 달랐다.

"나도 뭘 어떻게 설명해야 할지 모르겠군. 흑마법의 진화라고 하기도, 백마법과의 융합이라고 하기도 애매하다."

스스로 펼친 마법이었지만 루인은 지금의 마법을 쉽게 정의할 수 없었다.

지혜의 라이브러리에서 살폈던 백마법의 지혜들, 그리고 '헤이로도스기-백마법총론'에서 얻은 단서들, 또한 지금까지의 필사적인 노력으로 얻은 결과란……

너무나 예상 밖이었다.

-흑마법이든 백마법이든 원소계 마법이라면 반드시 고유의 색을 지닌다. 무색(無色)이라니. 이런 건 처음 보는구나.

화르르르르-

색이 없는 불꽃.

굳이 억지로 색을 부여한다면 잿빛에 가깝다.

하지만 문제는 더 있었다.

쏴아아아아

루인이 더블 캐스팅으로 소환한 마법에서 소스라치는 한기가 뿜어져 나왔다.

-멸빙계(滅氷計)? 카이잔락타?

루인이 소환한 것은 수증기처럼 공중에서 흩날리고 있는 냉기.

하지만 이번에도 강력한 냉기는 느껴졌지만 어김없이 무색이었다.

냉기만 느껴지지 않는다면 사실 아무것도 보이는 것이 없는 지경.

그 후로도 루인은 잔풍계(殘風計), 진동계(振動計), 뇌격계(雷擊計)로 보이는 마법을 차례대로 선보였다.

모두 흑마법에 원류를 두고 있었지만, 그 마법들 역시 하나같이 무색(無色)이었다.

특히 뇌격계 흑마법 마가라토라의 진화 마법으로 보이는 저것.

지지지직.

투명하고 날카로운 창들이 대지와 공명하며 연신 스파크를 튀기고 있었는데.

그 위력이란 샤이로벨의 상상을 아득히 상회하는 것이었다.

-그게 마가라토라라고?

원래라면 짙은 먹구름이 먼저 일어나고 일정한 범위 내로 검붉은 번개들이 연속적으로 수직 뇌격한다.

하지만 루인의 마가라토라, 저 엄청난 위력을 발휘하는 뇌격창은 투명하다.

뇌격계 마법의 전조 증상인 먹구름조차 일어나지 않는다.

미리 알고 있는 상태가 아니라면 저런 걸 과연 막을 수가 있을까?

-구, 구성 회로와 술식 기전들을 모두 보여 다오!

루인이 마법을 흩어 내며 비릿하게 웃었다.

"싫은데?"

-너 이 새끼!

"그 전에 내 요구부터."

열불이 터져 죽어 버릴 것만 같은 심정!

이 사악한 인간 놈은 늘 결정적인 순간에 자신을 헐떡이게 만든다.

이럴 때마다 쟈이로벨은 누가 숙주고 누가 지배자인지 헷갈릴 지경이었다.

-또 뭐냐! 이 괴물 놈아!

심상 세계가 차츰 옅어지더니 이내 루인은 현실의 기숙사 방으로 돌아와 있었다.

"전생에 익히고 있었던 열화판 흑마법을 전에 네게 심상으로 모두 보여 줬었지."

루인의 전생.

그땐 마신 쟈이로벨의 온전한 흑마법을 포기해야만 했다.

인간의 염동력으로는 마신의 염동력을 흉내조차 낼 수 없었으니까.

하지만 지금은 달랐다.

"네 온전한 흑마법을 모두 전수해 주는 것. 그것이 이번 거래의 내 요구 사항이다."

-흥! 진마력도 없는 놈이……!

쟈이로벨의 영언은 더 이상 이어지지 못했다.

루인이 자신의 핵(核) 오드를 마나의 고리로 삼아 이 세계의 마나를 진마력처럼 활용할 수 있는 미친 마법사라는 것을 잠시 망각했다.

더욱이 이제는 그런 자신의 흑마법을 인간의 백마법과 융합시켜 더욱 뛰어난 마법으로의 진화까지 이뤄 낸 놈이었다.

"싫어? 싫으면 관두고."

-이, 이미 다 알고 있는 게 아니었느냐? 네놈 말대로 우리
가 차원 거품에서 수만 년 동안 함께 있었다면······.

"인간의 일을 모두 잊고 마족이 되라더군. 최상급 마족의
육신을 내어 줄 테니 차기 마신이 되어 자신의 영토를 이으라
던데."

-뭐, 뭣이? 그래서 넌 뭐라고 대답했느냐?

"미쳤냐 내가? 그 잔인하고 더러운 마족들과 함께 살 부대
끼며 살아가게? 최상급 마족의 육체? 말만 그럴싸하지 결국
네놈의 입에서 나온 알이 아니냐? 생각만 해도 역한 구토가
치미는군."

-실성을 했구나! 내가 정말로 그런 말을 했다면 그건 처절
한 각오와 격의 없는 진심이다!

쟈이로벨에게도 혈족이 있었다.

또한 무한의 전장을 함께 견뎌 온 휘하의 마장들도 즐비했
다.

그들 모두에게 기회를 앗아 가고 한낱 인간을 마신의 후계
자로 점찍는다는 건 일종의 내분을 각오한다는 의미.

마신 쟈이로벨의 '혈우(血雨) 지대'를 계승한다는 것.

그것은 이 작은 르마델 왕국 따위와는 비교도 할 수 없는 거대한 권력이었다.

"그럼 이번에도 너의 진신 흑마법을 얻으려면 네놈의 후계자가 되라는 뜻이군?"

-너……!

루인이 심상 세계에서 보여 준 무색의 마법들.

느껴지는 위력으로 보나 아득한 체계로 보나 자신의 진신 흑마법에 비해 결코 모자람이 없는, 아니 오히려 더한 위력을 지닌 융합 마법(融合魔法)이었다.

그런 녀석의 융합 마법이, 새롭게 전수받을 진신 흑마법으로 더욱 위력이 강해진다면…….

상상조차 되지 않는다.

어쩌면 헤이로도스라는 인간의 이름으로 완성한 므드라의 마법을 뛰어넘을 수도 있었다.

하지만.

이건 마신의 정체성, 그리고 오랜 신념에 관한 문제.

그렇지 않아도 사흘 때문에 마계로의 복귀가 늦어지는 판국이다.

이런 와중에 후계까지 인간에게 넘긴다는 건…….

혈우 지대의 대혼란 혹은 몰락.

그 틈을 므드라가 놓칠 리 없었다.

-과거의 내가 왜 그런 말을 했는지는 모르겠지만, 이건 이 샤이로벨의 생존과 신념에 관한 문제다. 미안하다.

"그래? 그럼 어쩔 수 없지."

마력으로 핵심 술식을 그리려던 루인이 수인을 흩어 버렸다.

분명 앞으로 루인은 저 핵심 술식을 모조리 염동력으로 치환해 버릴 것이다.

그렇게 샤이로벨은 루인의 '무색 융합 마법'의 비밀을 영원히 파악할 수 없게 되었다.

……

영겁의 마계 대전으로 모아 온 자신의 보물 창고 '헬라게아'를 통째로 놈에게 빼앗긴 것도 서러운데!

놈은 이 작은 지혜조차 나누지 않는단 말인가!

-그냥 네가 마신 해라.

"시끄럽다. 난 분명히 기회를 줬어. 나중에 딴소리나 하지
마."

그때, 다시 마력으로 복잡한 술식을 그려 가는 루인.

허공을 물들이는 새하얀 회로의 물결을 확인하며 쟈이로
벨이 신음했다.

*-으음…… 이건 또 뭐지? 환혹계? 아니면 전이 마법의 술식
인가?*

루인의 수인이 다시 어지럽게 맺히자 루인의 마나 서클, 오
드를 감싸고 있던 환영 마법이 천천히 흩어졌다.

"고위 마법사를 만나면 이 환영 마법은 쉽게 디스펠당한
다. 그래서 틈틈이 준비해 왔지."

허공에 맺힌 루인의 술식을 살피던 쟈이로벨이 감탄을 거
듭했다.

*-기본적인 틀은 여전히 시각을 교란시키는 환혹계 마법이
군! 하지만 침범해 오는 마력을 아예 무작위 공간 좌표계로
전이시켜 버리는 이중 트랩이 덧씌워졌어! 과연 이런 식이라
면 디스펠의 난이도가 극단적으로 상승하겠구나! 크하하하!*

"아니. 트랩은 세 개다."

-세 개?

지이이이잉-

허공에 나타나는 또 하나의 술식.

-오호! 침묵! 침묵이구나!

마력이 무작위 좌표계로 흩어져 버렸을 때.

고위 마법사라면 반드시 언령(言靈)이나 염동(念動)으로 디스펠 마법을 이어 가려 들 것이다.

하지만 마지막 방벽 싸일런트(Silent).

언령과 염동을 끈질기게 방해하는 이 침묵 마법이라면 충분히 시간을 벌 수 있었다.

8서클 이상의 대마법사가 디스펠을 마쳤을 땐 이미 영계로 오드를 회수한 이후일 터.

이 정도면 쉽게 루인의 진면목을 파악할 수 없을 것이다.

-하지만 괜찮겠느냐? 아무리 네놈이 서클의 경지에 비해 마력이 많아도 이 정도 난이도의 삼중 트랩 마법을 유지하기 위해선 상당한 마력이 꾸준히 소모될 텐데?

"그렇다고 오드를 눈에 띄게 내버려 둘 순 없잖아. 아무리

적멸의 어스름을 새겼다고 해도 파괴된다면 모든 게 끝장이
야."

-하긴 너무 큰 약점이군. 심장을 꺼내고 다니는 꼴이니.

"초인급의 적들을 만나기 전에 반드시 해결해야 할 과제
지. 이건 그냥 임시 처방이다."

우우우웅-

오드에 차례대로 마법을 덧씌운 루인이 수인을 털어 내며
심호흡을 했다.

"후우…… 어지럽군."

고작 이 정도로 마나번을 느끼다니.

심상 세계에서의 길고 길었던 마법 수련, 거기에 고난이도
의 삼중 트랩 마법까지 발휘했더니 뇌가 뜨겁게 달아오를 지
경.

아직도 세 개의 고리, 3위계의 경지가 루인을 조급하게 만
들었다.

하지만 급할수록 돌아가야 하는 법.

마력의 폭주를 각오한다면 당장이라도 위계를 높일 수 있
었지만 그건 결국 미래를 갉아먹는 일이었다.

그렇게 급하게 쌓아 올린 경지는 아무런 의미가 없었다.

덜컥-

마력도 회복할 겸 루인은 기숙사를 빠져나왔다.

기숙사 복도의 창밖으로 두 개의 달이 휘영청 만월을 드러내고 있었다.

붉고 커다란 달 크라울시스.

작고 푸른 탈루만.

구름 위로 드러난 두 개의 아름다운 달을 바라보고 있자니 옅어진 마력이 조금씩 차오르는 것 같았다.

그렇게 루인이 복도를 빠져나올 무렵, 그의 두 귀로 묘한 소리가 들려왔다.

우우우웅─

마력이 파동할 때 나타나는 전형적인 소음.

루인은 의아했다.

아무도 없는 이 한밤중의 기숙사에서 갑작스러운 마력 발현음이라니.

과연 주위를 자세히 둘러보니 불이 켜진 방이 있었다.

루인이 불이 켜진 방의 문 앞을 살폈다.

"음?"

방문에 적혀 있는 생도명은 리리아.

그녀는 가문으로 돌아가지 않은 것인가?

늘 차갑게 구는 리리아였지만 아직은 소녀의 나이.

게다가 귀족가의 영애로 살아왔다면 아카데미의 평등한 생활이 충분히 불편했을 것이다.

그런 리리아의 사정이 궁금하긴 했지만 그렇다고 문을 열어 볼 수도 없는 노릇.

한데 루인이 발길을 옮긴 지 채 얼마 지나지 않아 작은 울음소리가 들려왔다.

〈흐흑…… 흐흑…….〉

멈춰 선 루인이 리리아의 방을 바라보고 있었다.

작게 흐느끼는 소리는 틀림없이 그녀의 방에서 새어 나오고 있는 소리.

사람에겐 저마다의 삶의 무게가 있다.

그녀가 평소에 차갑게 굴어 대는 건 그 나름의 삶을 견디는 방식일 터였다.

하지만 서로가 각자의 삶을 모두 이해하려 들 필요는 없었다.

그렇게 루인은 그녀의 방에서 멀어졌다.

오늘은 그저 달빛 아래 머리를 차갑게 식히고 싶었다.

장미 정원에 나온 루인이 머나먼 하늘을 바라보며 희미하게 웃었다.

'잘하고 있겠지.'

오늘따라 유난히 데인이 보고 싶었다.

가문으로 다시 돌아가는 날.

몰라보게 달라진 녀석을 뜨겁게 안아 줄 것이다.

◆ ◈ ◆

방학 때문에 한층 편하게 생활할 줄 알았던 루인.

하지만 루인은 단 한 명의 생도 때문에 생도들로 바글바글
할 때보다 더욱 신경이 날카로워져 있었다.

리리아 드리미트 어브렐.

특별히 눈이 마주친다든지 말을 걸어오는 건 아니었다.

그러나 운동장을 뛸 때도, 지혜의 라이브러리에서 마도서
를 읽을 때도, 장미 정원에서 심상에 빠져 있을 때도.

언제나 자신의 주위를 맴돌고 있다는 걸 느낄 수 있었다.

평소에 누구의 시선을 의식하는 편도 아니었고, 이미 아드
레나 때문에 이런 상황이 익숙했지만 루인은 온 신경이 곤두
설 수밖에 없었다.

어제의 일로 그녀의 상태가 정상이 아니라는 것을 알고 있
었기 때문이다.

홱-

갑자기 루인이 고개를 꺾으며 자신을 바라보자 리리아가
황급히 마도서에 얼굴을 파묻었다.

저벅저벅.

고요한 도서관에 그의 발걸음 소리가 울려 퍼지고.

리리아가 자리를 정리하고 나가려는 그때.

"미리 말해 두지만 간섭할 생각은 없다."

루인의 무감한 음성.

리리아가 멈춰 선 채로 뒤를 돌아봤다.

"혹시 상대가 필요한 거냐?"

"무슨……."

루인이 웃었다.

"대화."

차갑지만 가슴을 파고드는.

감정은 없으나 기대고 싶게 만드는.

루인의 목소리는 그런 목소리였다.

◆ ◇ ◆

남자, 그것도 단둘이서 차를 마시는 건 리리아로서도 처음
이었다.

그런 어색함 때문일까.

김이 모락모락하던 밀크티가 차갑게 식을 때까지 그녀는
한마디도 하지 못하고 있었다.

사람을 불러 세워 놓고서 입을 다물고 있는 것이 이상할 법
한데도 루인은 묵묵히 차만 음미하고 있을 뿐이었다.

오랜 침묵을 깨고 리리아가 조심스럽게 입술을 달싹였다.

"혹시…… 어제 너였나."

역시.

이것 때문에 내내 곁을 맴돈 것이었군.

루인이 씁쓸하게 웃었다.

아무리 감정적인 상태였다고 해도 역시 마법사는 마법사.

방문 앞의 인기척이 마법사의 민감한 감각에 감지되지 않을 리가 없는 것이었다.

"타인의 사생활에 호기심을 가지는 악취미는 없다. 그냥 지나가는 길이었다. 신경 쓰지 않아도 돼."

리리아도 루인의 성향을 잘 알고 있었다.

철두철미한 자기 관리.

본인의 일 외에는 그 어떤 것에도 신경을 쓰지 않는 무감함.

그는 냉철한 마법사의 표본 같은 그런 인간이었다.

그래서 더욱 궁금했다.

"그런데 왜 아무것도 묻지 않는 거지?"

방학인데 왜 다른 생도들처럼 가문으로 돌아가지 않는지.

또 왜 울고 있었던 건지.

같은 반 생도라면 누구나 궁금해했을 그런 의문들을 루인은 결단코 드러내는 법이 없었다.

오히려 루인의 그런 무심함이 리리아를 더욱 자극하고 있었다.

루인의 가라앉은 두 눈이 리리아를 직시했다.

"너라면 알고 있을 텐데."

생도들 중 유일하게 리리아만이 자신에게 직접적인 호기심을 드러내지 않았다.

쉼 없이 운동장을 뛰는 것을, 절식에 가까운 자신의 식단을 그녀는 굳이 궁금해하지 않았다.

전생의 마도 체계를 드러냈을 때도, 비정상적인 염동력을 드러냈을 때도, 오직 그녀만이 유일하게 침묵을 유지했다.

"⋯⋯내가 뭘 알고 있다는 거지?"

"내가 직접 입을 열기 전까진 어떤 질문도 의미가 없다는 것. 본능적으로 느끼고 있는 것이다. 나라는 인간의 성향을."

루인이 싱긋 웃었다.

"너 역시 그런 사람이니까."

"아⋯⋯."

비로소 리리아는 아무것도 묻지 않았던 루인을 이해할 수 있었다.

하지만 그건 마치 감정을 들킨 것만 같은 기분.

본인을 닮았다는 말을 저렇게 천연덕스럽게 할 수 있다니.

"난 너와 다르다!"

루인이 쉴 새 없이 흔들리고 있는 리리아의 눈동자를 재밌다는 듯이 바라본다.

짧게 자른 은빛 단발.

별다른 치장도 없는 말끔한 얼굴.

그러나 그녀의 타오르는 듯한 진녹색 눈동자만큼은 열의를 잔뜩 머금고 있다.

뛰어난 재능을 지닌 소녀.

하지만 그녀의 마음은 어딘가에 갇혀 있었다.

마치 그 옛날의 자신처럼.

"물론 다르다. 넌 나처럼 올곧은 이성을 이룩하지 못했다. 감정을 제어하지 못했다. 그건 분명 치명적이지."

"치명적……?"

"제어하지 못한 감정으로 심상 수련을 한다는 게 무엇을 의미하는지 설마 모르고 있는 건가."

정신 폭주(精神暴走)는 마나번보다 훨씬 더 위험한 결과를 초래한다.

운이 좋아야 의식을 잃는 정도이며, 최악의 경우에는 이성이 영원히 돌아오지 못할 수도 있었다.

"그런 건 마법을 향한 열정 같은 게 아니야. 그냥 자살행위다."

해부할 듯이 직시해 오는 루인의 두 눈.

그 섬뜩한 눈빛에 리리아는 감히 반박할 엄두조차 나지 않았다.

어브렐가의 가주, 아버지가 눈앞에 있는 것만 같은 착각이 들었다.

"네게 무슨 사연이 있는지 물어볼 생각도, 또 알고 싶지도 않다. 하지만 굳이 그런 꼴을 동료 마법사에게까지 보이진 마라. 그런 상태로 마법을 연마하는 건 나에겐 수치로 느껴지니까."

리리아는 참을 수 없는 모멸감에 온몸이 떨려 왔다.

분명 그건 자신에 대한 냉철한 평가였고 옳은 충고였다.

하지만.

마치 머나먼 꼭대기 위에 서서 멋대로 남의 감정을 도륙하는 자에게서 들을 말은 아니었다.

이미 다 안다는 듯한 눈빛.

저 인간 같지도 않은 무심한 표정이 또다시 아버지의 얼굴과 겹쳐 온다.

어제의 감정이 구토할 듯 치밀어 올랐지만 리리아는 지독하게 견뎌 내며 두 주먹을 말아 쥐었다.

"넌…… 정말…… 모든 감정에서 자유로운 건가……?"

그건 자신에게 불가역적인 것.

이토록 온 마음을 헤집고 다니는 분노를 제어한다는 건, 마치 사람이기를 포기해야만이 가능할 것 같았다.

"……"

루인은 말없이 웃었다.

누군가는 말할 것이다.

수만 년의 시간을 보내 온 인간이라면 모든 감정에서 자유로운 초월자가 될 것이라고.

하지만 그것은 완전히 틀린 말이었다.

지금도 죽어 간 검성의 미소가 또렷이 그려졌다.

아직도 성녀의 절규가 어제처럼 생생하게 귓가에 맴돌았다.

죽어 간 자들의 모든 비탄(悲嘆)이.

살아남은 자들의 모든 허무(虛無)가.

지금도 온 마음을 소용돌이쳤다.

악제를 향한 증오와 공포 역시 낙인처럼 낡은 영혼을 짓누르고 있었다.

차라리 모든 게 꿈이었으면 하는 심정으로, 그렇게 비루하게 하루하루를 버텨 온 세월.

"그럴 리가."

여전히 비튼 입매로 웃고 있는 루인.

하지만 그 짧은 한마디에 리리아는 숨이 턱 하고 막히는 심정이었다.

루인이라면 감정을 극복한 줄로만 알았다.

그러나 저 광기로 가득 찬 눈동자.

그것은 누구보다 감정으로 살아가는 자의 눈이었고, 동시에 스스로 감정을 집어삼킨 자의 눈이었다.

그 모순된 느낌에 리리아가 두 눈에 참을 수 없는 의문을 드러낼 무렵.

"감정에서 자유로운 인간은 존재할 수 없다."

그 말에 리리아는 허탈한 마음을 숨기지 못했다.

그렇다면 기껏 지금까지 해 온 대화가 무슨 의미가 있단 말인가.

"이겨 낸 인간만 있을 뿐이지."

"……이긴다고?"

어떻게? 라고 묻고 있는 듯한 리리아의 눈빛에 루인이 시선으로 아카데미 밖을 가리켰다.

"도망치지 않고 직시하는 것. 처음은 그것부터다 리리아."

리리아의 이글거리는 두 눈이 루인의 시선을 좇았다.

그의 말에 오기가 치민 것도 자존심이 상한 것도 아니었다.

'도망…….'

저 루인이라는 녀석의 눈에 고작 도망쳐 온 인간으로 보였단 말인가.

그것은 자신을 향한 실망.

순간 리리아가 찻잔을 내려놓았다.

'보여 주지. 내가 도망치지 않았다는 걸.'

한여름 날의 오후.

그렇게 리리아는 자신의 가문, 마법명가 어브렐가로 향했다.

그녀가 떠나간 자리를 루인이 담담한 눈으로 바라보고 있었다.

◆ ◆ ◆

"뭐, 뭐야? 저 녀석? 방학 내내 아카데미에 있었던 거야?"

감탄인지 경악인지 모를 제드의 외침.

여름 방학을 끝내고 아카데미로 복귀한 무등위 생도들은
하나같이 믿을 수 없다는 표정으로 운동장을 쳐다보고 있었
다.

척척척-

거의 전력 질주로 뛰고 있는 루인.

"저 녀석! 몸이……!"

상의를 벗어 드러난 루인의 몸은 가히 기사 생도를 방불케
했다.

"미친, 고작 한 달 만에 저런 몸을 만들었다고?"

제드는 이제 두려울 지경이었다.

사람의 몸이란 분명 납득할 수 있는 선이란 것이 있는데,
녀석의 몸엔 응당 있어야 할 그런 인간미가 없었다.

지방이라고는 찾아볼 수 없는 지독히 선명한 근육선.

조각처럼 다져진 녀석의 몸이란 마치 미술품을 보는 것만
같아서, 그 압도적인 느낌을 말로 표현하기조차 힘들었다.

"한 달이 아니지. 무려 반년이다. 하루도 빠짐없이."

시론이 입술을 깨물며 무거운 목소리를 토해 내자, 그제야 생도들도 여름 방학 전의 루인을 떠올렸다.

"맞아요. 녀석은 보결로 입학하자마자 저 엄청난 짓을 해 왔죠."

감탄에 가까운 세베론의 목소리.

이제 루인의 달리기는 아무리 달려도 속도가 줄지 않았다.

보폭, 호흡, 동작 모두 한 치의 흐트러짐도 없어서 지쳐 가는 느낌 자체가 사라지고 없었다.

"어째서 저렇게까지 몸을 단련하는 거지? 마법사에게는 충분히 과한 것이 아닌가? 아무리 이해하려 해 봐도 저건 경우가 심하다."

시론은 보잘것없었던 루인의 몸을 기억했다.

그래서 처음에는 루인의 노력을 인정하고 응원했었다.

허나 지금의 저 인간미를 무시한 몸이라면 이야기가 달랐다.

기사가 될 것이 아니라면 차라리 그 노력을 마법에 쏟는 것이 더 유의미할 터였다.

그런데 그때.

"미, 미친!"

"물구나무!"

생도들의 경악이 이어졌다.

갑자기 루인이 물구나무를 시작하더니 그 상태 그대로 운동장을 돌고 있는 것이 아닌가?

능숙한 동작으로 보나 속도로 보나 틀림없이 저 미친 짓을 방학 내내 해 온 것이 틀림없었다.

시론이 고개를 절레절레 저었다.

"정말 질려 버리겠군."

그것은 루인의 처절한 정신력을 향한 순수한 경이(驚異).

저런 건 평범한 인간이 따라 할 수 있는 수준이 아니었다.

그렇게 시론 일행이 감탄하고 있을 때 뒤편에서 슈리에의 뾰족한 비명 소리가 들려왔다.

"꺄아아악!"

얼굴을 감싸 쥐고 있었지만 손가락의 틈은 왜 굳이 벌어져 있는지.

손가락 사이로 드러난 슈리에의 동공이 마치 마나 스캔을 하듯 빠르게 루인의 몸을 훑고 있었다.

속속 도착하는 다른 여생도들도 마찬가지.

비명을 지르며 호들갑을 떨고 있었지만 그녀들은 하나같이 루인에게서 시선을 떼지 못하고 있었다.

"잠깐? 루인 녀석! 이걸 위해?"

"에이, 설마?"

그제야 생도들이 도착했다는 것을 알아차린 루인.

빠르게 땀을 털어 내며 상의를 입은 그가 무심한 얼굴로 기숙사로 돌아갈 그때였다.

"어? 리, 리리아!"

천천히 마법학부로 걸어오고 있는 리리아.

반갑게 달려가 리리아를 살피던 슈리에가 그대로 굳어진다.

풍겨 오는 마력의 결.

감정을 읽을 수 없는 차가운 눈빛.

마치 자신이 알던 사람의 모든 면이 한순간에 바뀌어 버린 듯한 느낌.

후드의 짙은 음영 아래 드러난 리리아의 얼굴을 바라보며 슈리에가 걱정스럽게 물었다.

"혹시 무슨 안 좋은 일이라도 생긴 건……."

하지만 리리아는 시린 눈빛만 빛내고 있을 뿐 가타부타 말이 없었다.

그런 리리아의 분위기가 너무 압도적이라 슈리에는 더는 묻지 못했다.

저벅저벅.

차분한 보폭으로 걸어간 리리아가 루인 앞에 멈춰 섰다.

"……직시. 그다음은 뭐지?"

루인은 조용히 웃고만 있었다.

◆ ◇ ◆

무등위 학년이란 말 그대로 등급이 없는 생도 시절.

1등위 생도부터 진정한 마법학부의 생활이라는 아드레나의 설명처럼, 무등위 생도들의 2학기는 분위기부터가 달랐다.

1등위가 되기 전, 무등위 생도들은 반드시 자신이 속할 그룹을 선택해야 했다.

'꿈꾸는 불새의 둥지(Nest)'는 가장 거대한 규모를 자랑하는 곳이며 원소계 마법을 주력으로 삼는다면 반드시 이곳을 선택해야 했다.

원소 마법사들의 대중적인 인기 덕분인지 뛰어난 교수들이 많이 포진되어 있는 곳이었고, 그런 이유로 생도들의 가장 무난한 선택지이기도 했다.

'환영의 등나무 탑(Tower)'은 전이계, 각성계, 진동계, 투시계, 강화계 등 특화 마법에 특별한 재능을 지닌 생도들의 터전이었다.

규모는 작았지만 이곳의 생도들 대부분이 천재적인 재능을 지닌 마법사였고, 덕분에 입탑 마법사를 가장 많이 배출하는 그룹이었다.

'황금 여명의 천공(天空)'은 선택의 영역이 아니라 운명의 영역이었다.

이 그룹에 속하려면 교수들의 만장일치가 기본적으로 필요했고, 당연히 생도 수준을 뛰어넘는 특출한 재능과 실력을 겸비해야 가능했다.

오히려 황금 여명의 천공에 속하는 것이 입탑 마법사가 되는 것보다 더 어려울 지경.

그러므로 이 그룹에 속한 생도들은 무려 십 년 동안 한 번도 드러난 적이 없었다.

이들은 철저하게 왕국의 비밀 병기로 키워지기에 쉽게 정체를 파악할 수 없는 베일 속의 집단이었던 것.

마지막으로 '열망하며 은둔하는 목소리(Voice)'는 어떤 생도도 선택하지 않고 싶어 하는 그룹이었다.

마법학부의 생활에 적응하지 못한 예비 낙제자, 유급 대상자 등을 몰아넣은 문제아 그룹, 즉 사실상의 유폐지.

반면 학업의 자유도는 엄청났는데, 인맥 쌓기가 목적이었던 귀족가의 자제들 대부분이 결국은 이곳에 정착하기 때문이었다.

유급이나 퇴교 처분을 기다리는 생도들이었기에 수업에 참여할 필요도 없었고, 심지어 수료할 의무 학점 같은 것도 없었다.

결국 무등위 생도들이 선택할 수 있는 현실적인 그룹은 '꿈꾸는 불새의 둥지'와 '환영의 등나무 탑'.

성적이 평범하다면 둥지(Nest)로, 특별하다면 탑(Tower)으로 가는 것이 마법학부의 전통적인 루트였던 것이다.

"반가워요. 4등위 마법 생도 에덴티아라고 해요."

긴장감으로 가득한 무등위 생도들의 교실 내부.

가슴에 불새 모양의 브로치를 달고 있는 에덴티아는 자신 감 가득한 표정으로 무등위 생도들을 굽어보고 있었다.

그녀의 소문을 일찍이 접한 무등위 생도들은 하나같이 침을 꿀꺽 삼키며 긴장하는 눈치.

그녀는 바로 '홍염(紅焰)의 파수꾼'이라 불리는 그 유명한 '꿈꾸는 불새의 둥지'의 리더 생도였다.

"우리 둥지가 탑보다 못하다는 건, 오래된 편견이며 집요한 요설이에요."

그녀의 옆에 서 있던 또 다른 리더 생도, 볼칸의 미간이 구겨졌다.

그는 '환영의 등나무 탑'의 리더 생도.

분명 에덴티아의 말은 무례하고 광오하기 짝이 없었으나 의외로 그는 함부로 나서지 못하고 있었다.

"왕궁 마법사의 대부분은 우리 둥지 출신이죠. 그만큼 우리 둥지를 선택한다면 가장 많은 기회가 뒤따른다는 뜻이에요."

수가 가장 많다는 건 기득권, 즉 권력을 뜻했다.

왕국에 촘촘한 그물망처럼 퍼져 있는 선배들.

먼저 나아간 선배들이 훌륭한 '둥지'가 되어 후배들을 이끌어 줄 거라는 점을 그녀는 강조하고 있는 것이었다.

"전통의 마도서들이 왜 그토록 기본을 강조하고 있는지를 잘 생각해 보길 바래요. 원소 마법은 마법사의 기본 소양이며 전통의 밥줄이랍니다."

제법 많은 무등위 생도들이 납득한 듯 고개를 끄덕이고 있었다.

그녀의 말이 충분히 현실적으로 다가왔기 때문.

어설픈 재능과 실력으로 탑(Tower)에 도전할 바에야, 마법사로서의 안정적인 미래가 보장되는 둥지(Nest)가 더욱 올바른 선택일 터였다.

그때, 탑의 리더 생도 볼칸이 나섰다.

"용기 없는 자들의 궤변이군. 그대들은 드높은 마도를 꿈꾸며 마법 생도가 된 것이 아니었나?"

볼칸의 눈빛이 차갑게 가라앉는다.

"실력으로 이 왕립 아카데미에 입성한 생도라면 지금 당장 두 눈을 감아라. 그리고 그동안 노력했던 과정을 한번 이미지 해 봐라."

그동안의 엄청난 세월이 떠올랐는지, 몇몇 무등위 생도들의 얼굴이 새파랗게 질려 있었다.

"아깝지 않나? 그런 노력으로 고작 안정적인 직업을 운운하는 게."

부들부들.

가장 많이 동요하고 있는 무등위 생도는 세베론.

"마법학부에서 오직 우리만이 탑(Tower)으로 불린다. 가장 많은 입탑 마법사를 배출한 우리 '환영의 등나무 탑'이야말로 마법사를 꿈꿔 온 자라면 반드시 도전해야 할 그룹이다."

에덴티아가 피식 웃었다.

"지금도 그 가망 없는 미련에 녹아나는 생도들이 너무나 많죠. 입탑 마법사? 지금이야 드높고 영광스럽게 느껴질 거예요. 하지만 여러분, 현실적으로 생각해 보세요. 마법학부에서 5년을 구르고 입탑 마법사로 15년을 더 구르면 여러분의 나이는 얼마가 될까요?"

"……거의 사, 사십 대?"

제드가 홀린 듯이 중얼거리자 에덴티아의 눈썹이 활처럼 휘어졌다.

"호호, 그래요. 거의 그 나이쯤이죠. 여러분은 결혼한 입탑 마법사를 보셨나요?"

세베론은 자신을 향한 에덴티아의 시선에 당황해하고 있었다.

"그, 그건……."

"입탑 마법사란 근본적으로 명예직이에요. 보수도 쥐꼬리만큼 적고 시간은 오히려 생도 시절보다 더 부족하죠. 그렇게 뼈가 부서질 만큼 연구 업적에 매달리고 탑을 나왔을 때, 여러분의 '둥지' 친구들은 뭐가 되어 있는 줄 알기나 아세요?"

"잘……."

"어지간한 남작령의 한 달 세입과 맞먹는 보수. 15년 근속의 당당한 일등 궁정 마법사. 여러분이 고향으로 돌아가 마탑출신이라며 위세등등하게 마법 교실을 차려 봤자, 그들의 연봉을 언제 따라잡을 수 있을까요?"

과연 에덴티아는 대중적인 '둥지'의 리더다웠다. 그녀의 언변술이란 그야말로 마법에 가까울 지경.

벌써부터 세뇌당한 많은 무등위 생도들이 지원서에 '꿈꾸는 불새의 둥지'를 적어 가고 있었다.

"자, 잠깐! 그건 입탑 마법사로서의 최악의 가정이다! 뛰어난 연구 업적을 이루어 더욱 나아간다면 마탑의 최상층, 고위 마법사가 될 수 있는 길이 열린다! 여러분도 아카데미의 교수나 학부장, 심지어 현자를 꿈꿀 수 있一"

"여전히 당신은 처음부터 끝까지 확률을 말하고 있네요. 마법사의 입이 구질구질하게 확률만을 언급하다니. 부끄럽지도 않은 건가요?"

"……도, 동요하지 마라! 이 여자는 마녀다! 그대들을 미혹하고 있다!"

"흥, 빗자루 하나 선물해 준 적 없으면서."

한데 그때.

드르르륵

교실의 문이 열리며 한 여자 생도가 들어오고 있었다.

그러자 모두의 시선이 그녀의 견장을 향했다.

그녀 역시 4등위 마법 생도.

하지만 에덴티아와 볼칸은 그런 그녀를 본 적이 없었다.

호기심 어린 에덴티아의 눈빛이 그녀의 전신을 훑고 있었다.

"당신은 누구……?"

등위 생도라면 반드시 가슴에 차고 있어야 할 '그룹 브로치'가 없다.

그 말인즉, 교수의 조교이거나 졸업생이라는 뜻.

"아아……."

"신비로워."

무등위 생도들은 반응은 달랐다.

새롭게 교실에 등장한 4등위 여생도의 분위기가 실로 범상치 않았기 때문.

'저 여자는 누구지?'

처음에 시론은 매혹 마법에 당한 것이 아닌가 싶은 착각마저 들었다.

고아하게 흘러내린 금빛 머리칼.

마치 빨려 들어갈 것만 같은 마력적인 눈빛.

한 번 바라본 것으로도 마치 영혼이 진탕되는 느낌이었다.

이 정도로 압도적인 첫인상의 마법 생도라.

그렇다면 분명 자신의 정보망에 있어야 할 인물인데, 아예 감조차 잡을 수 없는 것이 시론을 당황스럽게 만들고 있었다.

"루인 라이언 생도."

그것이 모든 생도들의 의문을 뒤로하고 그녀가 처음 뱉은
말.

무신경하게 창밖만 바라보고 있던 루인이 처음으로 교실
앞쪽을 쳐다보았다.

"그대는 '천공(天空)'의 후보다. 뜻이 있다면 따르도록."

"처, 천공?"

"그, 그럴 수가!"

찢어질 듯 두 눈을 부릅뜨고 있는 에덴티아.

당연히 무등위 생도들도 하나같이 경악한 얼굴로 굳어 버
렸다.

"그대가 그 '천공(天空)'이라고?"

에덴티아는 헛것을 본 것처럼 놀라고 있었다.

황금 여명의 천공.

십 년 이상 단 한 번도 마법학부에 정체를 드러낸 적이 없
는 신비의 그룹.

하지만 천공의 소녀는 흔들림 없는 눈으로 루인만을 응시
하고 있었다.

"결정은 지금 이곳에서. 시간은 짧게."

모두의 시선이 루인에게 모인 것은 당연한 일.

그동안 천공의 정체가 마법학부에 드러나지 않았다는 것
은 십 년 이상 후보생이 없었다는 말과 동일할 터.

그렇다면 루인이 십 년 만의 천공 후보생이라는 뜻인가?

하지만 시론은 확신할 수 없었다.

유급을 계속 당한 것이 아니라면 생도의 시간은 5년이다. 무등위 생도 기간을 제외한다면 고작 4년.

한데 당장 저 눈앞의 천공 소녀만 해도 생도복을 입고 있지 않은가.

그런데.

루인의 대답이 걸작이었다.

"거절한다."

미련 없이 다시 창밖으로 시선을 돌려 버린 루인.

감정의 변화라곤 한 치도 보이지 않던 천공의 소녀가 처음으로 두 눈에 당황한 감정을 드러냈다.

"……정말인가?"

그 역시 마법학부의 생도라면 '황금 여명의 천공'에 속한다는 것이 어떤 의미인지 모르지 않을 터였다.

입탑 마법사가 되는 것보다 더욱 어려운 것이 천공.

천공의 후보생이 되었다는 것은 모든 교수진과 학부장, 심지어 마탑에서도 주시하고 있다는 뜻이었다.

"난 이미 선택했다."

루인의 그 말에, 주변의 무등위 생도들이 모두 일어나 그의 지원서를 살폈다.

"뭐, 뭐야? 이게?"

"아, 아니! 루인! 이건!"

생도들이 호들갑을 떨자 호기심이 치민 시론이 루인의 책상에 다가갔다.

그의 책상 위.

지원 그룹에 적혀 있는 문장은 분명.

〈 열망하며 은둔하는 목소리(Voice) 〉

"모, 목소리라고?"

Chapter. 21

이단아들의 도피처.

문제아들의 종착역.

천재적인 재능의 마법사라면 결코 선택해선 안 되는 곳.

그 얼음 같은 리리아마저 당황한 표정으로 루인의 책상을 살피고 있었다.

그녀가 도저히 납득할 수 없다는 듯한 눈빛으로 루인을 노려봤다.

"……왜지?"

루인의 대답은 한 치의 망설임도 없었다.

"필요 없는 수업을 군이 듣지 않아도 되니까."

'목소리'에 속한 이상 무슨 수업을 듣건 말건 그대로 생도의 자유.

선택적인 수업 환경.

자유로운 도서관 출입.

이 둘을 확보한 이상 루인에게 선택의 여지란 없었다.

그런 루인을 탑(Tower)의 리더 생도 볼칸이 미친놈 보듯 쳐다보고 있었다.

탑도 아니고 무려 천공이다.

그런 절호의 기회를 차 버리고 목소리(Voice)를 선택하는 미친놈이 존재하리라곤 상상해 보지도 못했다.

현실감이 느껴지지 않는 것은 다른 생도들도 마찬가지.

한데 더욱 놀라운 상황이 이어졌다.

"리리아?"

슈리에가 리리아의 손을 거칠게 잡았다.

리리아의 펜이 지원서에 적고 있던 것.

그것은 바로 루인과 동일한 그룹 '목소리'였다.

"놔."

슈리에의 손을 뿌리친 리리아가 그대로 지원서를 적어 갔다.

"아, 아니 미쳤어요?"

그런 리리아의 행동에 시론이 흥미롭다는 듯 웃고 있었다.

"재밌군. 정말 재밌겠어."

슥슥

"미친! 시론!"

"아니, 죄다 미쳐 돌아가는 거야?"

그렇게 시론의 지원서에도 '목소리'가 적혀 버렸다.

시론의 여유로운 미소에 세베론은 아무 말도 할 수 없었다.

생의 마지막까지 시론의 뜻을 따르기로 했었다.

어린 날의 치기 어린 다짐이었으나 분명 그것은 마도의식 (魔道儀式)으로 했던 맹세.

"……."

맹세대로라면 시론의 결정에 따라 자신도 '목소리'를 선택 해야 했지만 도저히 손이 움직이지 않았다.

"개의치 마라, 세베론. 네 운명까지 강요할 생각은 없다."

부담을 덜어 주고 있는 시론.

시론은 자신을 잘 알고 있다.

분명 그러면 탑(Tower)이 최선이라며 응원해 줄 것이다.

그런데.

"아앗! 다프네마저 목소리라고?"

"와, 너희들 진짜 후회 안 할 자신이 있는 거야?"

가슴이 시릴 만큼 아름다운 미소로 다프네가 웃고 있다.

입탑 마법사, 현자의 수제자인 그녀마저 '목소리'라니.

다프네, 리리아, 시론.

어렸을 때부터 천재라 불려 왔기에 알 수 있었다.

저들은 그런 자신조차 넘어서는 천재들이라는 것을.

누구보다 차가운 이성과 드높은 지혜를 지닌 저 녀석들이 왜 저런 무모한 선택을 하는 걸까?

결국 세베론은 루인을 바라볼 수밖에 없었다.

이 모든 불가사의의 중심에 서 있는 소년.

전염병처럼 번지고 있는 이 기묘한 감정의 근원지.

모든 천재들의 이성을 앗아 가고 있는 독버섯 같은 녀석.

'······.'

한 번도 잠을 제대로 자 본 적이 없었다.

마법이 없는 삶을 생각해 본 적이 없었다.

마법을 배워 온 지난날을 생각하면 놈에게 참을 수 없는 욕지기가 치밀어 올랐다.

그러나 놈의 눈을 마주한 순간.

'아······.'

생각이 멈춰 버린다.

녀석의 눈빛에는 일관된 감정이 없었다.

누구보다 염세적이면서, 동시에 마법을 논할 때만큼은 범접할 수 없는 열정을 품어 내는 녀석의 눈동자.

권태와 허무, 열정과 오만이 한꺼번에 느껴지는 녀석의 눈빛은 언제나 견딜 수 없을 정도로 압도적이었다.

그런 루인의 눈빛에, 결국은 세베론도 취해 버렸다.

< 열망하며 은둔하는 목소리(Voice) >

직접 적고도 믿기지가 않았다.

마법을 위해서라면 무엇이든지 할 수 있는 이 세베론이, 이런 어처구니없는 결정을 내릴 수 있는 인간이라니.

"세베론……?"

시론이 눈빛으로 묻고 있었다.

하지만 세베론은 그저 웃을 수밖에 없었다.

이 결정의 이유를 묻는다고 해도 대답할 말이 떠오르지 않았다.

"하하, 어처구니가 없군. 죄다 미친놈들만 모여 있구나."

사나워진 볼칸의 눈빛.

무등위 생도라고 해도 어쨌든 이놈들도 마법사다.

한데 그런 마법사의 차가운 이성이라고는 찾을 수가 없는 놈들이었다.

볼칸은 상급자의 교양을 유지할 필요성조차 느끼지 못했다.

"실력 있는 놈들이 많은 기수라더니 괜히 시간만 버린 꼴이로군."

그 말을 끝으로, 탑(Tower)의 4등위 리더 생도 볼칸은 그렇게 휑하니 나가 버렸다.

홍염의 파수꾼, 에덴티아도 심기가 불편해진 것은 마찬가지.

"이번만큼은 좋은 인재를 많이 건질 줄 알았는데 실망이 크군요."

에텐티아마저 교실을 나가자 이제 남은 4등위 생도는 '천공'의 소녀밖에 없었다.

그녀는 아직도 묘한 눈빛으로 루인만을 응시하고 있었다.

'처음이었어.'

천재적인 역량이 엿보인다 해도 아직 제대로 된 마법을 배우지 않은 단계인 무등위 생도들은 한계가 있었다.

그래서 지금까지 대부분은 탑(Tower)의 생도들, 그중에서도 특별한 성적을 증명한 생도들만 비밀리에 섭외해 왔다.

천공(天空)의 역사에 이렇게 공개적인 생도 섭외는 이번이 처음인 것이다.

그런데 거절을 당했다.

그런 예상하지 못한 결말에, 천공의 소녀는 어떤 행동을 취해야 할지 갈피를 잡지 못하고 있었다.

천공의 소녀가 입술을 깨물었다.

이렇게 공개적인 섭외라면 반드시 그 이유가 있을 터.

"나중에 다시 오겠다."

그 말에 무등위 생도들은 하나같이 고개를 절레절레 저었다.

저 아름다운 다프네도 차 버린 놈이다.

저놈이 한번 마음먹었다면 그것으로 끝이라는 것을 무등

위 생도들은 모두 알고 있었다.

천공의 소녀마저 나가 버리자 교실이 금방 부산스러워졌다.

"시론, 이유나 들어 보자."

항상 장난기로 가득하던 제드가 심각하게 표정을 굳히고 있었다.

시론은 현자의 손자.

마법학부에서의 평판이 그의 후계 구도에 엄청난 영향을 끼칠 거라는 것을 그의 측근이라면 모를 수가 없었다.

그에게 운명을 걸어 온 측근이라면 이번 일은 꽤 심각한 상황.

시론이 메데니아가(家)에서 자리를 잡지 못하고 몰락한다면 친구들 모두가 함께 나락으로 가는 것이었다.

시론이 피식 웃으며 루인을 쳐다봤다.

"이 녀석이 제대로 수업에 참여한 게 얼마쯤 될 거 같냐?"

잠시 골몰하던 제드가 대답했다.

"한 3주?"

"그래. 이 녀석은 여름 방학 직전 단 3주만 제대로 수업에 참여했지."

"그래서?"

시론이 확언하듯 입을 열었다.

"그 단 3주 만에 내 마도(魔道)는 앞선 6개월보다 훨씬 나아갔다."

"응……?"

"단순히 마법의 경지를 말하는 것이 아니다. 마법을 보는 안목, 기조, 정신력, 통찰, 직관, 자기 확신…… 내 모든 기초 소양들을 수치화한다면 적어도 두 배 이상 진일보했다."

시론의 두 눈이 더없이 깊어졌다.

"너도 마법사라면 알 테지. 이런 기초 소양들은 쉽게 배우고 깨달을 수 있는 것이 아니라는 것을. 너도 이런 변화에 더욱 민감해야 할 거다."

"난 별로 느끼지 못하겠는데?"

시론이 피식 웃었다.

"저 리리아가 바보 같냐? 반년 내내 확인했을 텐데? 저 여자의 직관이 얼마나 무서운지."

"그건……."

"그런 리리아가 한 치의 망설임도 없이 이 녀석을 따라 그룹을 정했다. 본능적으로 느낀 거다. 루인에게 교수들 이상의 뭔가가 있음을."

마법학부의 교수들 이상이라니?

그게 말이 되나?

이론적으로 뛰어나든 실력이 엄청나든 마법학부 교수들은 하나같이 괴물 같은 마법사들이다.

왕립 아카데미에서 가려 뽑은 교수들이었기에 그들은 마탑 최상층의 원로들과 대등한 위상을 지닌다.

지금 시론은 고작 무등위 생도이자 10대 소년에 불과한 루인을 그런 교수들보다 더욱 뛰어난 마법사라 말하고 있는 것.

제드가 더욱 묘한 눈빛이 되어 루인을 바라보자.

루인이 참지 못하고 벌떡 일어났다.

옆자리에 앉아 있는 주제에, 이렇게 대놓고 자신의 얼굴에 금칠을 해 대다니.

"내게서 뭘 기대하고 있는지는 모르겠지만, 모두 착각이다. 사람의 소양은 각자의 노력만큼 성장한다."

"네 주장을 곱씹었고 네가 말한 대로 사고(思考)했다. 나의 시야는 넓어졌으며 믿어 왔던 직관과 마법의 기조가 변했다. 거기에 착각은 없었다."

미간을 일그러뜨리는 루인.

"마도명가 메데니아가(家)는 전통의 수련법이 없나? 가법이 정한 수련법을 버리고 그렇게 쉽게 타인의 방식에 동화되어도 되는 건가?"

씨익.

"모르는 소리. 우리 메데니아가의 장점은 새로운 것을 배척하지 않고 드높은 마도를 존중하는 유연한 자세에서 비롯된다. 그것이 우리 가문이 고이고 썩지 않는 비법이지."

루인은 고개를 절레절레 저었다.

역시 마도명가라는 건가.

한 번씩 이상하리만큼 천재적인 감각을 보이는 녀석이었
다.

이처럼 유연하고 능동적인 사고를 지닌 놈이 왜 그토록 바
보 같은 면모를 보이는 건지.

과연 하늘은 모두를 주지 않는 건가.

"에휴."

한숨을 쉬며 이 모든 과정을 지켜보던 슈리에 역시 어쩔 수
없다는 듯 지원서에 '목소리'를 적었다.

하지만 루인에게 동요한 생도는 여기까지.

메노에, 프레나 등 좋은 재능을 지닌 생도들은 모두 '환영
의 등나무 탑'에 지원했다.

제드를 비롯한 측근들도 긴 고민을 하더니 결국 탑을 선택
했다.

시론은 굳이 녀석들을 비난하지 않았다.

"나 시론은 고작 그룹 따위로 우정을 깰 생각은 없다. 일상
에서 언제든지 만날 수 있으니 섭섭해하지 말고 각자의 자리
에서 최선을 다하자."

제드가 씁쓸하게 웃었다.

"그럼 이제 작별이네."

그룹을 정하는 순간 2학기부터는 기숙사와 반 배정이 바뀌
게 되어 있었다.

지금부터 1등위를 거머쥘 때까지는 각자의 생존을 도모할

시간이었다.

지원서를 작성해 봤자 학점을 채우지 못해 유급을 당한다면 아무런 의미가 없었다.

"시론. 부디 원하는 것을 모두 얻길."

제드의 진중한 작별 인사에 시론이 빙그레 웃었다.

"제드. 너도 잘 해낼 수 있을 거다."

루인.

시론과 세베론.

리리아와 슈리에.

그리고 다프네까지.

마법학부 역사상 가장 쟁쟁한 천재들이.

그렇게 '은둔하며 열망하는 목소리'에 입성했다.

그리고 그 소문은 금방 아카데미 전체로 퍼져 나갔다.

장미 정원에서 아무렇게나 둘러앉아 홀린 듯이 '그룹 안내서'를 보고 있는 무등위 생도들.

"이럴 수가……."

시론이 '그룹 안내서'를 몇 번이고 다시 들여다보고 있었다.

"아니 배정 교실이 없다는 게 무슨 뜻이죠?"

슈리에의 질문에 세베론이 입술을 삐죽였다.

"뻔한 거죠 뭐. 어차피 유급 혹은 퇴교 처리될 생도들인데 학부에서 신경이나 쓰겠습니까. 충분히 예상했던 일이 아니었나요?"

"그, 그래도 이렇게 노골적일 줄은 몰랐죠! 게다가!"

눈을 부라리며 다시 그룹 안내서를 확인하는 슈리에.

"기숙사 배정도 그래요! 지독하게 외딴 곳이에요! 학부 건물과 너무 멀잖아요!"

이 와중에도 심상 수련을 하고 있던 루인이 눈을 감은 채로 중얼거렸다.

"아직은 돌아갈 기회가 있어. 지금이라도 늦지 않았으니 탑(Tower)으로 가라."

하지만 모두의 눈빛을 보니 번복할 것 같진 않았다.

시론이 진중하게 입을 열었다.

"1등위까지 남은 학점을 차례대로 말해 보자."

"전 16점 남았어요."

슈리에가 대답하자 시론이 리리아를 쳐다본다.

"2점."

시론은 금방 뜨악한 표정이 되었다.

총 이수해야 할 52점 중에 벌써 50점을 돌파했을 줄이야.

사실상 시답잖은 교양 수업 하나 이수하면 끝이었다.

"난 12점이다. 루인 너는?"

시론의 질문에 루인이 짧게 대답했다.

"24점."

거의 학기 마지막에 수업에 참여한 것치고는 대단한 학점이 아닐 수 없었다.

아무래도 들었던 필수 과목들을 모두 최고 배점으로 이수한 모양.

질문은 세베론에게 이어졌다.

"넌?"

"32점이요."

"왜지? 아……."

시론은 그가 바보같이 최고 배점을 거부한 사건을 기억해 냈다.

"돌아 버리겠군. 자존심이 밥이라도 먹여 주냐?"

지금부터는 담당 교수의 조언이나 지도 교수들의 친절한 교육을 기대할 수가 없었다.

거지같이 청강을 다니는 눈칫밥 신세가 바로 앞으로의 미래.

지도 교수들이 '목소리' 그룹 출신 생도들을 좋게 볼 리 만무하다.

어차피 시간만 때우다 꺼질 놈들이니, 그 가르침에 열의가 있을 리 없는 것이다.

"미치겠군. 그럼 일단 세베론의 과제부터 돕는 방향으로

하지. 다음은 루인과 슈리에, 나 차례로……."

"잠깐만요."

모두의 시선이 다프네에게 쏠린다.

화사하게 웃고 있는 다프네.

"전 0점이거든요?"

"……."

"……."

"……."

"……."

모두가 다프네를 잊고 있었다.

시론이 단호한 얼굴로 일어나며 다프네를 쳐다봤다.

"너의 그룹 지원서는 지금 어디에 있지?"

"왜요?"

"지금 가서 찢어 버리게."

시론의 싸늘한 눈빛에 다프네의 미소가 어색해졌다.

"그, 금방 학점을 채울 수 있어요! 아시잖아요? 저 입탑 마법사예요!"

◆ ◆ ◆

"여기군."

시론이 친구들을 데리고 도착한 곳은 마법학부 바깥 동의 어느 연구실.

최소한 몇 년 동안 사람의 출입이 없었다는 것을 단숨에 알아차릴 수 있을 만큼, 마치 폐허를 방불케 하는 곳이었다.

곳곳에 얽혀 있는 거미줄, 수북하게 쌓여 있는 먼지, 형체를 파악할 수 없는 실험 도구 등.

세베론은 무엇을 어디서부터 손대야 할지 막막한 심정으로 서 있었다.

"이건 정말 너무하네……."

왕립 아카데미의 생도가 된 이후, 이런 대접을 받는 것은 처음인 그였다.

명색이 무려 '왕립'인데 이렇게까지 생도를 버릴 줄이야.

슈리에가 한숨을 내쉬었다.

"그래도 게리엘도스 교수님께서 신경을 써 줘서 이 정도에요. 배정 교실이 아예 없는 것보단 낫잖아요?"

"제 말은 담당 교수도 없는데 교실이 무슨 의미가 있냐 이 말입니다. 아니 정말 남은 학부 생활 4년을 이렇게 보내는 게 맞나?"

세베론의 눈총에 시론의 몸이 움찔했다.

슈리에가 고개를 미친 듯이 저었다.

"됐고. 어차피 그룹 브로치까지 받은 마당에 이제 무를 수도 없어요. 앞으로의 계획이나 함께 짜 봐요."

슈리에의 그 말에 모두가 서로의 가슴팍을 쳐다본다.

꼴에 '목소리'라고 무려 '입술 모양'의 브로치다.

도대체 이 멍청한 디자인을 누가 고안한 건지, 세베론은 당장 찾아가서 따지고 싶은 심정이었다.

하지만 그룹에 속한 이상 함부로 브로치를 제거하는 것은 교칙 위반.

문제아의 상징인 이 저주받은 낙인이 앞으로 얼마나 더 평지풍파를 일으킬지 아무도 예상할 수 없었다.

"합류한다는 애들은 왜 안 오는 거지? 일손이라도 더 있으면 좋을 텐데."

"아아, 철없는 귀족 녀석들은 제발 참아 줬으면 좋겠어요. 걔들은 전혀 도움이 되지 않을 거예요."

슈리에의 그런 바람이 통했을까.

얼마 후, 연구실에 도착한 무등위 생도들은 귀족과는 한참 거리가 있었다.

"아…… 너희는……."

한눈에 의기소침함이 느껴지는 한 쌍의 남녀.

그들을 잘 알고 있었던 시론이 인상을 찡그렸다.

유명한 녀석들이다.

물론 나쁜 의미로.

세상에 천재가 있다면 당연히 바보들도 있었다.

낙제생 말코이, 그리고 벙어리 소녀 루이즈.

녀석들은 처참한 성적 때문에 목소리에 속하게 된 것.

전반기 이수 학점 0점에 빛나는, 어떻게 입학했는지부터가 불가사의인 유명한 무등위 낙제생들.

그런데 그때.

폭풍을 만난 것처럼 루인의 눈동자가 흔들리고 있었다.

손끝이 사정없이 떨려 온다.

"아…… 아……."

보는 순간 바로 알 수 있었다.

저 여린 표정에서.

작은 슬픔을 덜어 낸다.

거기에 투명한 분노를 얹고.

칼날 같은 기세를 덧씌우면.

"루이즈……."

적요(寂寥)하는 마법사.

침묵의 심판관 루이즈.

그런 소중한 전생의 인연이.

여기에, 저 작은 모습으로, 저런 슬픈 눈으로 서 있을 줄은 몰랐다.

그런 루이즈에게 루인은 차마 계속 시선을 둘 수 없었다.

다시 사라져 버릴까 봐.

또다시 산화하며 부서져 버릴까 봐.

미친 듯이 심장이 조여 왔다.

"루인? 아는 사이인가?"

의아함을 가득 담은 시론의 질문.

자신의 일 외에는 아무것에도 관심을 가지지 않는 루인이다.

그런 그가 갑자기 격정적인 반응을 보이니 시론의 의문은 당연한 것.

"……."

어찌 그녀를 몰라볼 수 있을까.

당연히 루이즈를 알고 있다.

그녀는 바람의 대행자, 시르하의 연인.

다만 이렇게 준비되지 않은 마음으로, 생각지도 않은 장소에서 만났기에 몸과 영혼이 굳어 버렸을 뿐.

그녀가 시르하와 더불어 르마델 왕국 출신이라는 것은 알고 있었다.

하지만 이 시기의 그녀가 왕립 아카데미에 있었을 줄은 꿈에도 생각지 못했다.

루이즈는 혼란스러운 반응을 보이고 있는 루인을 조심스럽게 올려다보았다.

말을 할 수 없었던 루이즈는 사람의 눈으로 감정을 읽었다.

촘촘하게 얼룩져 있는 감정.

왜 자신을 저런 눈으로 보고 있는 건지 루이즈는 알지 못했다.

그렇게 온 마음으로 견디던 루인이 가까스로 웃었다.

"안녕. 루이즈."

리리아의 동공이 크게 벌어졌다.

루인이 저토록 기꺼운 마음으로, 저리도 살갑고 환하게 웃는 모습은 처음 보는 것이었기 때문.

멍한 얼굴의 루이즈가 루인이 건넨 손을 마주 잡았다.

"아으… 우……."

루인이 스스럼없이 루이즈의 어깨를 감싸 쥐었다.

"억지로 말하지 않아도 돼. 이렇게 널 바라보는 것만으로도 난……."

온 마음이 무너질 듯 내려앉는다.

그녀의 희생, 그녀가 했던 마지막 선택이 얼마나 많은 사람들을 구했는지 루인만은 알고 있었다.

지금 이 세상에서, 그녀의 마지막을 기억하고 있는 건 오직 자신 하나뿐이었다.

서글펐지만 기뻤다.

그녀가 이렇게 살아 있어서, 이렇게 나타나 줘서 너무 고마웠다.

하지만 여기까지.

더 이상은 그녀의 감정을 자극해선 안 된다.

동료들의 과거에 지나친 개입을 한다면 오히려 모든 걸 망칠 수 있다는 것을 황금 거인 산의 일을 통해 깨달았기 때문.

자칫하다간 그녀가 시르하를 만나지 못할 수도 있었다.

"무슨 사정인지는 모르겠지만 인사는 그쯤 하지. 우선 연구실 정리가 시급하니까."

차가운 리리아의 목소리.

묘해진 분위기 때문인지 세베론도 거들었다.

"그렇죠. 이거 오늘 안에 끝낼 수 있을지도 미지수인데요."

시론이 으 으 팔을 휘휘 저으며 외쳤다.

"까짓거 할 수 있다!"

그 순간.

우우우웅-

다프네의 수인이 아름다운 포물선을 그리며 허공에 맺힌다.

푸르스름한 마력의 기운이 간질이듯 사방으로 퍼져 나가자.

쏴아아아아-

잦아들듯 마력이 사라진 자리.

연구실의 잔해들을 덮고 있던 먼지들이 씻은 듯이 사라졌다.

사방에 가득했던 거미줄도 언제 그랬냐는 듯 잦아드는 마력과 함께 사라져 버렸다.

그건 마치 모든 불순하고 더러운 것들이 이 세상에서 완벽히 '삭제'되는 듯한 장면.

슈리에가 홀린 듯이 중얼거렸다.

"정화(Purification) 마법…… 그것도 최상급이야……."

눈앞에서 입탑 마법사의 위력을 실감한 슈리에는 주체할 수 없는 감동을 느끼고 있었다.

세상에, 이 정도로 대단한 마법이라니.

자신의 경지로는 상상도 할 수 없는 마법이었기에 마치 다프네가 신처럼 느껴질 지경.

'흥, 도대체 무슨 꿍꿍이를 숨기고 있는 건지.'

시론은 그런 다프네가 못마땅했다.

아카데미를 건너뛰고 곧바로 입탑 마법사로 활동할 만큼 그녀는 천재적인 마법사였다.

무려 할아버지의 수제자인 주제에 왜 군이 아카데미까지 와서 위화감을 조성하는지 시론은 이해가 되지 않았다.

'루인을 영입하려는 목적이었다면 보다 치밀한 방법도 많을 텐데 말이지.'

저런 천재 마법사의 머리에서 나온 방법이란 것이 고작 미인계라니.

가만히 생각을 해 보니 다프네의 목적이 그리 단순할 것 같진 않았다.

'설마 할아버지께서?'

그녀가 할아버지의 명령을 수행하고 있을지도 모른다는 생각이 들었지만 시론은 이내 피식 웃으며 머리를 흔들었다.

이 르마델 왕국의 위대한 현자가 고작 한 명의 무등위 생도를 영입하기 위해 수제자를 파견한다는 건 말도 안 되는 일.

"좋군. 그럼 시작하지."

리리아가 먼저 연구실의 잔해들을 정리하고 나섰다.

어색하게 서 있던 낙제생들이 리리아를 돕기 시작하자 다른 생도들도 이곳저곳으로 흩어졌다.

그렇게 한 시간 후.

"오! 어느 정도 교실 같군요 이제!"

손을 털며 웃고 있는 세베론을 향해 슈리에가 마주 웃었다.

"제법 기분이 좋아 보이네요? 이제 와서 막 의욕이 샘솟는 이유를 들어 볼 수 있을까요?"

"그런 건 아니고……."

굳이 암담한 미래를 상기시켜 줄 필요까진 없는데.

금방 시무룩해진 세베론의 어깨 위로 시론의 팔이 걸쳐진다.

"자, 이제 우린 무얼 하면 되나?"

시론이 루인을 바라보자 모두의 시선이 그에게로 쏠렸다.

"말해 두지."

루인은 이 바보 같은 놈들에게 확실히 자신의 의지를 피력할 필요가 있음을 절감했다.

"선을 지켜라. 난 너희들에게 이곳을 강요한 적이 없다. 너희들의 선택까진 존중한다. 하지만 나에게 뭘 바라는 건 선을 넘은 행동이다. 난 교수가 아니다."

슈리에가 시선을 외면하자 루인의 차가운 음성이 다시 울려 퍼졌다.

"난 알아서 심상 수련을 할 것이고 마도서를 읽을 것이다. 또한 내가 필요하다고 생각하는 수업만을 찾아서 들을 것이다. 학점도 마찬가지. 누구의 과제를 도울 생각도 도움받을 생각도 없다."

시론이 미간을 찡그렸다.

"어, 그건 좀 곤란한데. 넌 대체 아카데미를 뭐라고 생각하는 거냐?"

"뭐?"

"그렇게 모든 걸 혼자 하고 싶었다면 대체 아카데미에 왜 온 거지?"

슈리에가 거들었다.

"마, 맞아요. 기본적으로 아카데미의 룰은 협력 생활이죠. 본인이 무식하게 똑똑해서 잘 모르나 본데, 애초에 마법학부의 과제들은 개인이 해결할 수 없게 설계되어 있어요. 각자의 재능과 특성을 살려서 반드시 협력해야 살아남을 수 있죠."

시론이 문득 리리아를 시선으로 가리킨다.

"리리아를 봐. 아마 개인적인 성향은 너보다도 저 여자가 더할 거다. 그런데 저 리리아가 한 번이라도 어울리는 것에 불평불만을 늘어놓는 것을 본 적이 있나?"

루인의 표정이 기이하게 일그러진다.

반박할 수가 없었지만 그렇다고 이 핏덩이들과 상큼발랄한 아카데미 생활을 계속하라는 건 대마도사에게 지옥이나 다름없었다.

현실적으로 생각해 봐도 생도들과 협력하는 것보단 쟈이로벨과 의견을 나누는 것이 훨씬 마법의 경지에 도움이 되는 편이었다.

사실 루인은 인간관계를 맺는 방법이 조금 극단적인 편에 속했다.

타인이 자신의 테두리 안에 들어온다는 건 일종의 목숨을 나눈다는 의미.

흑암의 공포는 지난 생 내내 그렇게 살아왔다.

"……."

루인이 대답 없이 생각에만 잠겨 있자 리리아가 차갑게 물었다.

"관계에 큰 의미를 두는 편인가."

핵심을 짚어 오는 리리아.

루인이 씁쓸하게 웃었다.

자신에게 '관계'란 함께 삶을 나아가는 동료.

세상의 마지막까지 등을 맞대고, 목숨으로 서로를 지켜 주는 그런 각별한 관계였다.

이 새파란 젊은이들이, 과연 자신에게 그런 의미가 되어 줄 수 있는 사람들일까?

만약 그런 사람들이라면 이들 하나하나를 데인처럼 여길 것이다.

루인에게 동료란 가족, 아니 어쩌면 그 이상이었다.

'그래. 다른 생(生)이구나.'

이미 한 번 겪어 온 인생이지만 분명 그 시간선은 다르다.

맺을 인연과 도래될 운명, 악제와 얽히는 방식 모두가 전생과는 다를 터였다.

이제 루인은 한번 시험을 해 보고 싶었다.

"내게 관계란 그리 단순하지가 않다. 내가 누군가를 받아들인다면 나는 그를 목숨으로 지킬 것이다."

"모, 목숨?"

시론의 등줄기가 축축하게 젖어 갔다.

루인의 두 눈에 얽혀 있는 결연한 빛.

그 눈빛이란 감히 더 물을 수 없을 정도로 엄정했다.

"또한 내 운명의 모든 짐을, 모든 숙명을 함께 나눌 생각이다. 동료란…… 그렇게 생각한다."

루인이 건넨 감정의 무게란, 감히 감당할 수 없을 만큼 무거웠다.

"이 아카데미 따위에서 멈출 관계라면, 아예 시작도 하기 싫다는 것이 내 신념이다."

"아니 그건 너무……."

"너무 극단적이야!"

세베론과 슈리에가 공포에 물든 사람처럼 뒷걸음질 치고 있었다.

그러나 이것이 루인의 방식.

"서로의 운명에 뒤섞일 정도의 각오도 없다면 내게 다가오지 마라. 그게 내 방식이니까."

리리아 드리미트 어브렐.

오직 그녀만이 단 한 번도 루인의 시선을 피하지 않았다.

"가르쳐 줘."

"뭘?"

루인의 질문에 그녀가 처음으로 웃었다.

"네가 목숨을 바쳐서 나를 지키게 하는 방법."

리리아의 서슴없는 질문에 루인이 말없이 루이즈를 바라보았다.

'루이즈…….'

동료들끼리 서로 목숨을 지키게 하는 방법이라…….

그따위 방법이 있을 리가 없었다.

서로를 이해한 마음의 문제다.

함께 쌓아 올린 추억의 높이다.

등을 맞대고 적을 마주한 공포의 결과이며, 안타깝게 보낸 슬픔의 동질감이다.

자신의 삶을 관통해 온 그 촘촘한 밀도를, 어찌 단 한마디로 정의할 수 있단 말인가.

수만 년을 지나 루이즈를 바라보는 지금 이 순간조차도, 그녀와의 추억에 이렇게 온 마음이 시려 오는데…….

저렇게 가볍게, 이리도 함부로 말하는 리리아에게 루인은 잠시 화가 치밀었다.

"우리가 무얼 했지?"

"……?"

리리아의 두 눈에 의아함이 번지자 루인의 얼굴이 더욱 차갑게 굳어졌다.

"나는 네가 왜 우는지 모른다. 네가 왜 그렇게 마음을 닫고 있는지를 모른다. 간혹 삶을 포기한 듯한 네 눈빛의 이유도 알 수 없다."

리리아의 눈동자가 흔들린다.

자신에 대한 루인의 감상이, 순식간에 가슴을 헤집고 들어와 마구잡이로 뒤젓는 기분이었다.

삶을 포기한 듯한 눈빛이라니!

한 번도 그런 마음을 품어 본…….

아……!

리리아는 가문으로 가기 전, 루인과 대화를 나눴던 순간을 떠올렸다.

그때의 자신이라면…….

루인의 감상은 분명 틀리지 않았다.

"너는 나에 대해 무얼 알지?"

직시해 오는 루인의 눈빛에, 리리아는 마음속의 무언가가 툭 하고 끊어지는 느낌이었다.

그것은 루인에 대해 아무것도 모른다는 실망감 때문이 아니었다.

'언니…….'

루인의 그 말을 듣는 순간, 자신은 언니에 대해 아무것도 모른다는 생각이 들었다.

어브렐가의 그 누구도.

심지어 아버지와 어머니도 다 안다고 말할 수가 없었다.

어느 순간 갑작스럽게 모든 것이 변해 버린 어브렐가의 혈족들.

지금까지 자신이 마음을 닫고 살았던 것이 무슨 이유였는지 이제야 모두 깨닫게 된 것이었다.

루인은 그렇게 슬픔으로 차오른 리리아의 눈동자를 바라보며 그저 웃고 있었다.

비틀리거나 차가운 감정이 아닌, 리리아가 처음으로 마주한 루인의 진짜 웃음이었다.

"좋지 않은 일이 겹쳐 오거나 감당할 수 없는 슬픔을 마주했을 때 굳이 입을 열어 모두 설명할 필요는 없다."

루인의 시선이 생도들을 훑었다.

"친구를 가깝게 여긴다면 언젠가 위로를 받는 순간이 오겠지. 그러다가 어깨를 빌리고 싶어지고, 또 함께 웃고 싶어질 것이다."

시론이 얼굴을 일그러뜨리고 있었다.

루인의 모습에 자꾸 할아버지가 겹쳐 왔기 때문.

이건 마치 할아버지의 따뜻한 이야기를 듣고 있는 것만 같았다.

분명 자신과 나이가 같거나 비슷할 텐데, 왜 자꾸만 이런 느낌이 드는 건지 시론은 이해할 수 없었다.

"너. 너무 애늙은이군."

"어렸을 때 고, 고생을 많이 했나?"

다프네가 그런 루인을 유심히 관찰하고 있었다.

드래곤이 위대한 생명체라는 건 부정할 수 없었다.

하지만 그런 드래곤이 인간의 감정을 이렇게까지 디테일하게 이해하고 있을 줄은 생각지도 못했다.

마도서 속의 드래곤들은 인간의 감정을 좋게 봐야 유희의 도구, 나쁘게는 나약함의 원천으로 보고 있었다.

인간은 언제나 감정 때문에 일을 그르치는 나약한 존재이며.

그 독특한 인간의 감수성이 바로, 마법의 경지를 방해하는 가장 원천적인 요소라고 그들은 이해하고 있었다.

마도서가 틀리지 않았다면 이 드래곤은 틀림없이 독특한

개체.

인간이라는 유희의 삶에 완벽히 녹아들 수 있는 드래곤이
다.

이토록 인간의 감정을 잘 이해하고 있다면 인간과의 교류
를 끊임없이 이어 왔을 것이다.

다프네는 루인이 하이베른가의 비셰리스마일지도 모른다
는 스승님의 말이 틀리지 않을 수도 있다고 생각했다.

건국 설화 속 백룡 비셰리스마.

그는 그 어떤 존재보다도 인간을 교감하고 사랑하는 드래
곤이었다.

어느덧 다프네가 차갑게 눈을 빛내고 있었다.

"그런 건 생도 간의 교우 관계가 아니죠. 너무 거창해요.
생도 생활은 고작 몇 년인데 당신의 말대로라면 수십 년도 모
자라겠는걸요?"

"……."

"그저 과제를 함께하고 아카데미 생활의 어려움을 같이 극
복하는 거죠. 하지만 그런 거창한 게 관계에 대한 당신의 관
점이라면 이 왕립 아카데미에 오지 말았어야 해요."

의외로 루인이 조용히 고개를 끄덕이고 있었다.

가문의 정상화.

세계의 멸망을 대비한 마법 수련.

이들은 자신의 거대한 운명을 이해할 방법도, 또 받아들일

수도 없을 것이다.

가문에서 그랬던 것처럼, 조급했던 자신의 마음이 또 한 번 바보 같은 욕심을 부린 것이다.

이들도 데인이나 데아슈, 위폰처럼 그저 어린아이, 한창 꿈 많을 마법 생도에 불과하다.

이런 아이들에게 자신의 동료라는 거창한 운명을 덧씌우고, 그것도 모자라 자신의 방식을 이해해 달라고 했다니.

"그래. 바보 같았군. 인정한다. 내가 어설펐다는 것을."

루인이 바닥에 앉으며 이미지 자세를 취했다.

"왕립 아카데미 생도로서의 본분, 원만한 교우 관계를 위해 노력하지. 하지만 너희가 만족할지는 모르겠군."

그 말을 끝으로 루인이 곧바로 심상 수련에 들어갔다.

시론이 어이가 없다는 표정으로 루인을 바라보다 주위를 환기시켰다.

"자, 이제 대책 회의를 좀 해 보지. 청강을 다니는 건 문제 될 것이 없고. 문제는 지독한 과제들과 학기 말에 열릴 무투대회 정도겠지?"

슈리에의 두 눈이 동그랗게 떠졌다.

"무, 무투대회라뇨?"

유구한 전통을 자랑하는 왕립 아카데미의 무투대회는 상급 생도들의 축제다.

적어도 3등위 이상의 견장은 달아야 참여해 볼 만한 수준으로, 웬만한 실력으로는 예선조차 통과할 수 없었다.

게다가 개인전은 기사 생도들의 축제.

대인전에 취약한 마법사의 특성상, 개인전은 깔끔하게 포기해야만 했다.

단체(Party)전도 문제가 있었는데, 한 번도 손발을 맞춰 본 적이 없었기 때문.

이미 마법학부의 상급자들 중에는 원소 계열, 특화 계열, 보조 계열, 강화 계열 등으로 이뤄진 완벽한 조화와 호흡을 자랑하는 팀들이 즐비했다.

"시론? 지금까지 무등위 생도들이 무투대회에 참여한 적은 없어요!"

세베론은 상급자 생도들이 얼마나 강한지를 잘 알고 있었다.

이미 이명(異名)을 쟁취한 생도들만 해도 수십여 명.

특히 '생동하는 화염' 유리우스나 '그림자 혹한' 타가엘은 생도의 수준을 아득히 벗어난 강자들이었다.

본인의 순수한 능력만으로도 귀족의 작위를 쟁취할 수 있을 만큼 강력한 마법의 권능자들.

그들뿐만 아니라 출전하는 팀들의 대부분이 입탑 예정자이거나 왕국의 주요 요직으로 내정된 생도들이었다.

시론이 의미심장하게 웃으며 다프네를 쳐다봤다.

"다프네, 어때?"

"흐음……."

다프네만 참여한다면 승산 없는 싸움은 아니다. 현자의 수제자라는 위상은 그만큼 대단했다.

그런 다프네가 루인을 응시했다.

"루인 님이 참가한다면요. 초반에 탈락하는 건 자존심이 허락하지 않아서."

"호오……?"

시론은 지금 여기 있는 '목소리'의 구성원들은 마법학부 역사상 최고의 무등위 생도라고 판단하고 있었다.

예상되는 리리아와 슈리에의 경지는 최소한 2위계, 세베론 역시 2위계, 거기에 자신은 무려 3위계다.

마법사의 경지만으론 이미 2, 3등위 생도들과 나란한 것이다.

물론 술식의 깊이나 마법적 지혜는 상급자들이 더 높을 테지만, 문제는 저 다프네가 우리 편이라는 것이었다.

예상되는 경지는 최소 4위계.

아니 어쩌면 5위계에 도달했을지도 모른다.

마탑의 고층 마법사, 아카데미의 교수, 마도학자로 나아가는 첫발이라 할 수 있는 5위계를 저 나이에 이룩한 미친 여자인 것이다.

5위계라면 상급 생도 중에서도 극상위권의 경지.

이미 이명을 떨치고 있는 몇몇 상급 생도들만이 도달한

그곳.

그들과 나란한 이가 저 다프네였다.

"루인만 참여하면 된다고?"

한데 그런 여자가 이 중에서 루인을 최고라고 판단하고 있었다.

사실 시론은 루인의 경지를 제대로 가늠하지 못한 상태였다.

분명 뛰어난 마도 지식과 통찰, 상식을 벗어난 염동력, 핵심을 꿰뚫는 혜안 등 모든 것이 무시무시한 녀석이었다.

하지만 그렇다고 4위계 이상? 5위계?

확신할 수가 없었다.

그가 보여 준 마법이 모두 3위계 이하였기 때문.

딱 하나 예외가 있다면 헤데이안 학부장의 마법을 디스펠할 때였는데, 이 경우는 조금 결이 달랐다. 자신의 눈으로는 살필 수가 없는 경지의 마법이었던 것.

마법이란 확증을 전제로 하는 학문이기에 함부로 경지를 판가름할 수 없었다.

일반적인 논리라면 8위계의 대마법사인 학부장의 마법을 디스펠했으니 루인도 같은 8위계라는 뜻인데.

그건 불가능한, 도저히 존재할 수 없는 가정이었다.

십 대 후반의 마법사가 현자와 맞먹는 경지라니!

인류의 마법 역사에 단 한 번도 그런 천재는 존재하지 않왔다.

루인이 천천히 눈을 뜨며 이미지에서 벗어났다.

"참가의 목적은?"

"어? 모른다고?"

아카데미의 생도라면 모를 수가 없는데 이 정도까지 무심한 놈이라니!

다프네가 소리 없이 웃었다.

"우승자에겐 알현권(謁見權)이 주어지죠. 그리고 전통적으로 우승자들은……."

"마법학부의 우승자들은 언제나 왕께서 내려 주신 소원권을 테아마라스의 유적을 탐험하는 데 써 왔다."

"……테아마라스?"

테아마라스의 유적이 남아 있다니?

최초의 마법사가 레어(Lair)를 남기기라도 했단 말인가?

하지만 루인은 전생에서 무수한 백마법사들과 교류했지만 금시초문이었다.

하긴 흑마법이 완성된 이후, 그들의 마법에 관심을 가진 적은 없었다.

이 말이 사실이라면 확실히 가치가 있는 일.

테아마라스의 유적이라면 자신의 마법을 비약적으로 상승시킬 수 있는 계기가 될 수도 있었다.

슈리에의 두 눈이 걱정으로 물들었다.

"4년마다 열리는 무투대회예요. 대부분의 생도들에게 기회는 한 번밖에 없죠. 이번에도 엄청난 선배들이 참가할 거예요. 소문으로 들었던 지난 무투대회는……."

가히 전쟁을 방불케 했다.

특히 기사 생도들의 개인전.

그 무시무시한 전투들은 지금도 왕국의 전설처럼 내려오고 있었다.

"개인전과 단체전, 둘 다 보상이 같나?"

"다르다."

"무엇이?"

시론의 눈이 깊어졌다.

"명목상의 혜택은 같다. 같은 알현권이지. 하지만 누구나 개인전의 우승자를 더욱 경이롭게 바라본다. 눈에 보이지 않는 혜택이 훨씬 더 많지. 개인전이야말로 무투대회의 꽃이라고 할 수 있다."

그 말에 모두의 얼굴이 어두워졌다.

대인전에 취약할 수밖에 없는 건 마법사의 숙명이었다.

마법사는 수인을 맺고 스펠을 외우며 또 언령한다.

염동을 일으키고 술식을 완성하는, 즉 시전 시간이 필요한 존재인 것이다.

반면 기사들의 공격은 초 단위마저 쪼개며 짓쳐 온다.

단체전이면 몰라도 개인전은 마법사의 역량으로 어떻게

해 볼 수 있는 무대가 아니었다.

"눈에 보이지 않는 혜택이라. 구체적이지 않군."

루인의 대답에 시론이 씁쓸하게 웃었다.

"모르는 소리. 무투대회를 우승한 기사 생도는 그 자체로 이미 귀족이다. 공작가의 후원을 받는 존재를 그 누가 무시할 수 있겠냐."

"공작가? 하이베른?"

시론이 눈살을 찌푸렸다.

"너, 소식이 늦군."

"무슨 뜻이지?"

"한 달 전, 하이렌시아가의 가주 레페이온 님이 왕국의 새로운 대공이 되셨다."

"뭐……?"

지금까지 르마델 왕국의 공작가는 하이베른가 하나뿐이었다.

그 말인즉, 왕국의 공작가가 이제 둘이 되었다는 뜻.

"개인전의 우승자는 하이렌시아가의 암묵적인 후원을 받는다. 고작 생도의 몸으로 이 왕국의 권력, 그 중심에 서는 거지."

'대공…… 그래, 이맘때쯤이었나.'

하이렌시아가의 가주가 대공이 될 거라는 건 이미 알고 있었다.

하지만 정확한 시기는 알지 못했다.

전생, 그러니까 하이베른가로부터 뛰쳐나온 건 지금의 시기로부터 이십여 년이 지난 후의 일이었으니까.

'이제 모든 것이 급변한다.'

하이렌시아가가 대공가로 거듭난 그즈음부터, 르마델 왕국의 정세는 혼란의 소용돌이에 빠져들게 된다.

역사대로라면 얼마 지나지 않아 1왕자 아라혼에게 온갖 패륜의 혐의가 덧씌워질 것이다.

결국 르마델의 국왕은 오랜 전통을 깨고 1왕자를 실각시킨 후 6왕자 케튜스를 왕세자로 책봉한다.

모든 파멸의 시발점.

1왕자 아라혼이 얼마나 엄청난 괴물이 되어 돌아올지를 지금의 누구도 알지 못한다.

'잘하고 있으려나……'

이미 씨앗은 뿌려 두었다.

6왕자 케튜스와 그의 지지 세력들은 어떤 형태로든 하이렌시아가와 밀접한 관계를 맺고 있을 확률이 높았다.

잘 해내고 있다면 지금쯤 아라혼은 그런 하이렌시아가와 끈질기게 암투를 벌이고 있을 것이다.

아라혼이 자신의 충고를 듣고 본인에게 드리운 음모를 기필코 이겨 낸다면 역사는 충분히 바뀔 수 있었다.

'그래도 확실히 해야 한다.'

아라혼이 또다시 '악제의 군단장'이 되는 일은 막아야 했
다.

멀지 않은 곳에 있을 테니 루인은 기회가 닿으면 다시 그를
만나 볼 생각이었다.

그렇게 신중하게 생각을 정리하던 루인이 시론의 말을 상
기했다.

'나쁘지는 않아.'

최초의 마법사, 테아마라스가 남긴 유적을 탐험할 수 있는
권한.

거기에 하이렌시아가의 암묵적인 후원.

우승자의 혜택은 충분히 좋은 편이었다.

먼저 하이렌시아가의 후원을 받는다는 것은 그들의 동향
과 의도를 지근거리에서 관찰할 수 있다는 말.

문제는 테아마라스의 유적이었다.

그는 백마법계의 신(神)적인 존재.

그런 엄청난 인물의 유적이 남아 있었다면 전생의 자신이
알고 있지 못했다는 것은 말도 안 되는 일이었다.

어떤 문제로 인해 테아마라스의 유적이 세상에서 사라진
것이라면 반드시 그 이유를 살펴볼 필요성이 있었다.

전생, 이 당시의 자신은 가문에서 누워만 있었던 상태.

따라서 지금 일어나고 있는 역사에 대해서는 동료를 통해
들은 것이거나 사료, 즉 활자로 접해 본 것이 전부였다.

일단 테아마라스의 유적에 대한 정보부터 모아야 했다.

"테아마라스의 유적에는 뭐가 남아 있는 거지?"

시론의 눈빛이 금방 열망으로 타올랐다.

"자세한 건 나도 모른다. 다만 유적에서 살아남는 것에 성공한 마법사들은 하나같이 대마법사로 성장했지."

"살아남는다고? 단순한 유적이 아니란 뜻인가?"

"유적 내부에 위험한 트랩들로 가득하다고 들었다. 과거에 왕립 기사단 하나가 통째로 전멸한 적도 있다."

"왕립 기사단이······?"

좀처럼 감정 표현을 하지 않는 루인조차 놀라고 있었다.

르마델은 기사 중심의 국가.

그런 르마델의 왕립 기사단은 알칸 제국의 기사들조차 인정하는 대륙 최고 수준의 무력을 지닌 집단이었다.

그런 왕립 기사단이 고작 유적을 탐험하다 전멸했다는 것이 루인은 이해가 되지 않았다.

"그렇게 위험한 곳이라면 아카데미의 생도 수준으로는 탐험이 불가능할 텐데?"

"당연히 왕실의 지원을 받는다. 왕립 기사단의 기사들은 물론 마탑의 마도학자와 고위 마법사가 함께 동행한다."

그렇다는 건 르마델 왕국으로서도 큰 출혈을 감수한다는 뜻이었다.

만약 유적에서의 생환이 불투명해질 경우.

왕국의 기사들, 마탑의 고위 마법사, 뛰어난 생도들을 동시에 잃어버리는 결과를 초래할 것이다.

그럼에도 이런 도박을 감행한다는 건 한 명의 대마법사가 갖는 파괴력 때문일 터.

한 국가가 현자급의 대마법사를 보유한다는 건 단순한 전력 이상의 의미였다.

미래 가치를 위한 도전적인 투자인 셈.

"목숨을 거는 도박이 너희들은 아무렇지도 않다는 건가?"

루인의 두 눈이 생도들을 훑고 있었다.

기본적으로 마법사들은 확률을 싫어하는 집단.

우승한 마법 생도들의 소원이 그런 도박이라는 게 루인은 쉽게 이해되지 않았다.

"대체 뭐라는 거냐 넌."

"음?"

리리아의 눈이 강렬한 빛을 머금었다.

"그 도박이 성공한다면 우리가 마주할 수 있는 건 테아마라스 님께서 남기신 위대한 마도다. 그런 드높은 마도를 궁구(窮究)할 수 있다면 대부분의 마법사들은 목숨이 아깝지 않을 것이다."

루인은 테아마라스가 이들 백마법사들에게 어떤 의미인지 비로소 현실적으로 체감할 수 있었다.

상투적인 비유가 아니라, 정말로 그는 백마법사들에게 신

(神)이나 다름없는 존재인 것이다.

"내가 무투대회에 참가하지 않겠다면?"

시론이 강렬한 눈빛을 빛내며 이를 깨물었다.

"밤이고 낮이고 설득할 거다! 4년마다 돌아오는 무투대회를 절대로 그냥 구경만 할 순 없다!"

"졸업 전에 한 번 더 기회가 있는 거 아닌가?"

이번 무등위 생도들은 생도 시절 동안 무투대회를 2번 경험할 수 있는 축복받은 기수.

"내 말이! 우리 기수에겐 기회가 두 번이나 주어진다! 모두 도전해야 한다!"

잠자코 지켜만 보고 있던 세베론이 마침내 입을 열었다.

"시론. 상급자들은 팀을 구성하고 적어도 1년 이상 합을 맞춰 준비했을 거예요. 무투대회까지는 고작 3개월. 현실적으로 생각해야 합니다."

시론이 루인과 다프네를 번갈아 바라보았다.

"헤데이안 학부장의 트랩 마법을 디스펠한 루인! 현자의 수제자 다프네! 게다가 이 시론까지! 이 정도면 충분히 우승을 노려볼 만하다!"

슈리에의 의기소침한 대답이 이어졌다.

"다행이네요. 그 이름 중에 제 이름이 없다는 건. 전 그 무시무시한 선배 생도들과 무모하게 싸우고 싶진 않아요. 전 빠질게요."

"뭐?"

갑작스러운 슈리에의 불참 선언.

그렇다면 남은 인원이 모두 참여 의사를 밝혀야 단체전이 가능했다.

단체전은 5명으로 구성되어 있기 때문.

금방 시론의 불길한 시선이 리리아를 향했다.

"혹시 너도 빠지는 건가?"

겉보기엔 궁합이 좋지 않아 보여도 학기 내내 리리아와 슈리에는 붙어 다녔다.

만약 리리아가 같은 뜻이라면 이번 무투대회는 끝난 것이나 다름없었다.

리리아의 차가운 시선이 루인에게로 이어졌다.

"저 녀석의 답부터 듣겠다."

돌고 돌아 결국 루인에게 모두의 시선이 모였다.

루인의 입매가 예의 사납게 비틀린다.

"세 가지 조건이 있다."

"조건?"

이 애송이들과 굳이 함께해야 한다면 루인은 철저하게 자신의 방식을 강요할 생각이었다.

"첫째, 밑천을 남김없이 꺼내라."

시론이 피식 웃었다.

"그건 당연한 거 아닌가?"

루인의 시선은 리리아에게 고정된 채 흔들림이 없었다.

눈에 띄는 것을 즐기는 시론과는 달리, 지금까지 그녀는 철저하게 자신의 경지를 절반쯤 숨기고 있었다.

리리아가 표독하게 되물었다.

"왜 그래야 하지?"

밑천을 모두 꺼낸다면 자신이 추구하는 학파가 드러나게 된다.

무등위 생도부터 뷰오릭 학파를 따른다는 사실이 드러난다면 앞으로 수많은 편견과 핍박을 마주하게 될 것이다.

마탑에 입성하기 전까진 최대한 숨기고 싶은 것이 리리아의 심정.

북부 학파에 속한 왕국, 르마델에서 뷰오릭 학파의 마법사로 산다는 건 그만큼 힘겨운 일이었다.

"어느 정도로 믿어도 되는지, 얼마나 견딜 수 있는지, 아무것도 모르는 상태에서 서로가 등을 맡길 수 있겠나?"

리리아는 침묵했다.

하지만 그녀의 도전적인 눈빛은 여전히 죽지 않았다.

"우습군. 넌? 이 중에서 가장 의뭉스러운 마법사는 너다. 본인부터 밑천을 밝히지 않는 주제에 무슨 그런……."

"약속한다면 모두 드러내 주지."

"어……?"

전투는 고결하다.

적을 상대하며 등을 맞대고 있는 동료를 믿지 못한다는 건 수치스러운 일.

이런 점만큼은 전생에서부터 언제나 일관된 태도를 유지해 온 루인이었다.

"……."

뷰오릭 학파를 드러내는 것이 얼마나 위험한 짓인지 충분히 알고 있었지만, 그런 루인의 강렬한 눈빛에 리리아는 흔들리고 있었다.

"전 약속해요."

다프네가 싱긋 웃어 보이자 시론도 힘차게 고개를 끄덕였다.

"나 역시 마찬가지다!"

세베론도 한숨을 내쉬었다.

"후, 알겠어요. 약속하죠."

모두의 시선이 리리아에게 모이자 결국 그녀도 입술을 깨물며 읊조리듯 입을 열었다.

"……약속하지."

"리리아!"

슈리에가 정신없이 고개를 흔들고 있었지만 리리아는 자신의 약속을 번복하진 않았다.

"두 번째 조건은 뭐지?"

시론의 질문에 망설임 없이 대답하는 루인.

"전투에 관한 모든 전권을 내가 행사하겠다."

"저, 전권이라뇨?"

루인이 세베론을 바라본다.

"말 그대로다. 훈련에 관한 제반 사항, 또한 대마법 전투 중에 일어나는 모든 전략과 지시. 이것들이 선행되지 않는다면 난 참여할 의사가 없다."

"아니 그건!"

시론이 얼굴을 일그러뜨리며 불만을 드러내고 있었다.

대체로 팀이 유명해지면 그 팀의 리더가 이명(異名)을 얻는다.

이번 파티의 주역이 되고 싶었던 시론에게는 받아들이기 힘든 조건.

그러나 루인이 참가하지 않으면 다프네와 리리아가 참여하지 않겠다는 마당에 그로서도 달리 방법이 없었다.

"제길, 너도 어쩔 수 없는 생도였군."

늘 욕망에 초월한 척하더니 이제 보니 속이 시꺼먼 놈이 아닌가?

그런 시론의 불만스러운 반응에 루인은 재밌다는 듯이 웃고 있었다.

이번에도 가장 먼저 다프네가 루인의 요구에 화답했다.

"루인 님을 따르겠어요. 오히려 제가 먼저 요구하고 싶었는걸요?"

다프네는 누구보다 중요한 전력의 핵심.

결국 시론도 동의할 수밖에 없었다.

"제길. 알았다."

"뭐 그렇다면 저도……."

"그다음 요구는? 세 번째는 뭐지?"

리리아의 날 선 질문.

이번만큼은 루인도 조금은 동기들의 눈치를 볼 수밖에 없었다.

"절대로 팀의 전력에 해를 끼치지 않는다는 조건하에서 나의 개인전 참여를 너희들이 허락하는 것이다."

"개인전?"

"미, 미친!"

마법 생도가 개인 토너먼트에 참여하겠다니!

간혹 관심을 받고 싶어서 개인전에 참여하는 마법 생도들이 있긴 했다.

하지만 대부분이 1회전 탈락이라는 뼈아픈 고배를 마시게 된다.

개인전은 엄연히 기사 생도들의 축제.

거기에 마법 생도가 낄 자리는 없었다.

"왜지? 왜 그런 무모한 짓을 하는 거냐? 수치심과 패배를 즐기는 게 아니라면……."

"보험이지. 팀이 우승하지 못한다면 혼자서라도 우승을

해야 하니까."

"뭐?"

루인은 마음에 목표를 세운 이상 허투루 하는 성격이 아니었다.

분명 테아마라스의 유적에는 자신이 모르는 역사가 흐르고 있을 것이다.

왠지 꺼림칙했다.

악제는 오랫동안 인간 진영의 힘을 약화시키는 데 시간과 자원을 소모해 왔으며, 그 일이 어느 정도 무르익었다고 판단했을 때 세상에 나왔다.

과거, 그런 악제의 마수에 테아마라스의 유적이 파괴된 것이라면 반드시 막아야만 했다.

"뭐, 어차피 1회전에 탈락할 테니 팀의 전력에 차질을 빚는 일은 없겠죠."

세베론의 그 말에 동의한다는 듯 모두가 고개를 끄덕였다.

"난 상관없다."

"저도요."

"하긴 그렇겠군."

그때 루인이 자리를 털고 일어났다.

"그럼 이제 서로의 밑천을 마주할 시간이군."

"응?"

"훈련에 관한 모든 제반 사항을 내게 맡기기로 하지 않았나?"

루인이 시론을 내려다보았다.

"시론. 대마법 전투장을 섭외해라."

"가, 갑자기?"

"최대한 눈에 띄지 않고 훈련할 수 있는 곳. 아니, 아예 아무에게도 눈에 띄지 않는 곳이면 좋겠군."

시론이 일어나며 물었다.

"대체 뭘 하려는 거지?"

루인의 새하얀 치아가 고르게 반짝인다.

"너희들 모두 나와 대인전을 치른다."

그 순간 모두의 눈이 휘둥그레 떠졌다.

조선이
문명함

조휘
대체역사 장편소설

여느 때와 다름없이 퇴근 후 게임을 즐기는 일상.
그런데 이질적인 무언가가 시선을 강하게 사로잡는다.

〈99/100〉

EHS라 적힌, 단순하기 짝이 없는 아이콘.
기호와 숫자 몇 개가 전부인 소개 문구.

대체 무슨 게임일까 하는 묘한 이끌림이 클릭을 강제했고
정체를 알 수 없는 문자들이 쏟아져 나오는 것과 함께
세상이 한 점을 중심으로 회전하며 비틀리기 시작한다.

조금 전과는 한없이 동떨어진 상황이 눈앞에 펼쳐지는데,

"상감마마!"

나보고 왕이란다.